U0165864

深入解析臺語拼音和聲調，透過練習掌握技巧

臺語拼音
做伙學

莊雅雯 著

五南圖書出版公司 印行

推薦序一
讀寫臺語上好的基礎工具冊

　　莊雅雯博士欲出新冊《臺語拼音做伙學》，我誠歡喜、誠期待。我一定愛寫一篇推薦序添油香，大大共伊恭喜。

　　我熟似莊雅雯博士超過二十冬矣。伊是一個真頂真閣有教學熱誠的教學者。伊是國立高雄師範大學國文系博士，現任國立高雄師範大學、國立臺南大學兼任助理教授。伊長期擔任大專學院的臺語文講師、全國中學教師「全民臺語認證考試」增能研習講師、臺南市教育局臺語檢定研習課程講師、全國語文競賽臺南市閩南語演說、朗讀培訓講師等。自 2001 年開始，也就是咱臺灣佇國民小學全面實施母語教育，伊自第一屆開始就擔任鄉土語言教學的支援老師。濟年來，伊也擔任過全國語文競賽閩南語情境演說、朗讀評審，各縣市語文競賽的評審。也得過全國語文競賽閩南語演說社會組第二名、全國語文競賽閩南語朗讀社會組第二名。由此可見，雅雯博士對臺語文的教學毋但非常有實務經驗，伊的教學理論閣非常專業。

　　這本《臺語拼音做伙學》是學習臺語的基礎工具冊，是雅雯博士累積濟年來兼顧教學實務經驗和學習理論的臺語拼音寶典。適合對臺語有興趣的民眾，也適合修臺語專長課程的學生，是臺語教師誠實用的教材。伊提供全面閣系統性的拼音學習內容，包括聲母、韻母、聲調的組成規則和發音方式。有關臺語拚的基礎內容和初學者可能會拄著的問題，攏有一一開破解說。這本冊的內容包含：

(4) 臺語拼音做伙學──深入解析臺語拼音和聲調,透過練習掌握技巧

一、韻母㈠:單元音韻母

二、聲調

三、聲母

四、韻母㈡:複韻母

五、韻母㈢:聲化韻母、鼻化元音韻母

六、鼻音韻尾、入聲韻尾

七、臺語的聲調變化

八、羅馬字書寫規則

九、拼音練習

十、閱讀篇章

　　這本冊一步一步照順序按聲母、韻母、聲調引𤆬初學者按怎發音以及發音組成的規則,閣配有音檔輔助,幫助初學者掌握聲調與變調。閣有,這本冊設計一系列的練習題目,通過字例、詞例和練習題目的練習,幫助初學者提升拼音能力。

　　拼音是學習臺語的基礎,伊會當幫贊熟似臺語的音韻體系以及培養正確的發音。同時會當幫助咱查字典、辭典,自我提升、建構臺語文的能力。這部《臺語拼音做伙學》是拍在讀、寫臺語能力上好的寶典。

國立臺中教育大學臺灣語文學系前特聘教授兼系主任

方耀乾

2023.06.15,臺南永康

推薦序二

Beh教、beh學，lóng好用

　　雅雯是一位真有才情的教授，也是經驗豐富的老師。伊對臺語語言學的了解自然是*毋*免加講。這幾年，伊 koh 定受中央和地方邀請，參與真濟和臺語課綱、課本、臺華雙語教學有關係的相關事務，累積真深厚的經驗。遮的學識、經驗，自然 lóng 會表現佇伊的作品內面。所以，這本《臺語拼音做伙學》雖罔看冊名 kánn-ná 是針對初學者的教材，總是讀者若認真共看落去，就會發現，冊裡其實藏真濟臺語語音和教學法的鋩鋩角角。

　　咱知影，語言的祕密有真大的部分是藏佇語音內面。親像人稱代詞的複數：guán（阮）/lán（咱）/lín（恁）/in（個）遮的字 lóng 是用「n」這個音（後綴）結尾，代表複數；koh 親像姻親的 peh（伯）/（姆），tsik（叔）/tsím（嬸），kū（舅）/kīm（妗），翁仔某的稱呼，lóng 著用互相配合（仝款）的子音，另外女性也愛用「m」的音（後綴）結尾。所以，若是正經 beh 了解臺語 khah 深層的意義，會當表現語音的羅馬字（羅馬拼音）是真重要的工具。*毋*才課綱會規定國小三年開始，臺語課全面愛教羅馬字[1]

　　總是「羅馬字」欲按怎教？欲按怎學 leh？這當然著先對臺語 / 字母的規則開始。雅雯老師這本《臺語拼音做伙學》，佇一開始就共羅馬字的，包括聲母、韻母、聲調符號的組成原則、變調的規律和例外的變化…等等，lóng 講 kah 真清楚。

　　除了清楚的理論以外，其實我個人感覺這本冊上大的特色是伊清

---

[1] 也規定講若是老師感覺伊的班級學生的程度有夠，iah 是老師感覺有必要，自一開始就會當教，*毋*免一定著等到三年！

楚的圖表和濟濟的練習題：

　　這馬的學生學習的方法 kap 往過無仝，khah 注重圖像記憶，對長篇文字的理解 khah 僫。佇這本《臺語拼音做伙學》內面，雅雯老師佇逐个單元，lóng 用豐富的圖表，無仝的色水共重點、鋩角標示 kah 清清楚楚。

　　另外，若 beh 完全學會曉羅馬字，除了了解道理，大量的練習也是必須愛有的過程。這本冊內面逐單元的練習題數量真濟，學生若照逐个單元附的練習題認真落去做，真緊就會當掌握羅馬字。

　　總講一句，就我看起來，這本《臺語拼音做伙學》是老師佇學校教；學生家己學，lóng 真好用的教材，佇遮推薦予對臺語有興趣的各位。也向望雅雯老師 koh 再陸續推出其他學臺語的工具冊。

臺中教育大學臺灣語文學系副教授／十二年國教閩南語課綱委員兼副召集人

何信翰

臺羅拼音方案介紹

　　臺灣自 2001 年開始於小學開始實施本土語言教學（原稱鄉土語言），當時臺語的拼音書寫方式並未統一，直至 2006 年教育部公布臺羅拼音方案，教育體系中，臺語的拼音書寫方能有一套統一的書寫系統。

　　臺灣閩南語羅馬字拼音系統的内容包括聲母、韻母、音節、聲調符號、一般變調、特殊變調和書寫規則。這些元素的組合使拼音系統能夠準確地標示臺語的發音，方便臺語的學習和紀錄。熟練後就能「喙尖佮筆尖合一」，寫出你所講的每一句臺語。

臺語的語音系統

　　臺語的音節結構分為聲母、韻母與聲調三部分，韻母又分為：介音、主要元音、韻尾三部分。

　　臺語的音節一定有主要元音和聲調，聲母、介音和韻尾則不一定有。當音節無聲母時，稱為「零聲母」。

聲調標在主要元音上面，標示聲調的原則於第二講聲調章節說明。

1. 聲母：p、ph、b、m、
　　　　 t、th、n、l、
　　　　 k、kh、g、ng、h、
　　　　 ts、tsh、s、j
2. 介音：i、u
3. 韻母
　(1) 單韻母：a、i、u、e、o、oo
　(2) 複韻母：ai、au、ia、iu、io、ua、ui、ue、iau、uai
　(3) 鼻化元音韻母：ann、inn、enn、onn、ainn、iann、iunn、
　　　ionn、uann、uinn、iaunn、uainn
　(4) 聲化韻母：m、ng

4. 聲調符號（以元音 a 為例）：a、á、à、ah、â、ā、a̍h

音節結構表字例

例字	聲母	韻母		
		介音	聲調符號 主要元音	韻尾
做 tsò	ts		ò	
伙 hué	h	u	é	
學 o̍h			o̍	h
拼 phing	ph		i	ng
音 im			i	m
上 siōng	s	i	ō	ng
蓋 kài	k		à	i
勢 gâu	g		â	u

*/ i / 和 / u / 是主要元音，也可以充當介音，在此特別說明，避免造成學習混淆。

　　音節結構表是一種將羅馬拼音按照音節結構分類的表格。它可以對拼音教學起到協助初學者建立拼音系統、更好掌握拼音、加強對聲韻調各方面的理解，更能夠了解發音規則。

本書使用方式

一、學習規劃

學習拼音應由淺到深，循序漸進逐步理解，因此，本書學習的安排，採用如下順序：

單韻母	聲調	聲母	複韻母

先由最基本的單韻母開始學習，訓練聽辨臺語的聲調，由韻母與聲調的結合先掌握聲調的特色。接著認識聲母、複韻母，然後進入聲、韻、調的基本拼合。

鼻化元音韻母	聲化韻母、鼻音韻尾	入聲韻尾

認識上述聲、韻、調之後，接著學習臺語特有的鼻化元音韻母、聲化韻母、鼻音韻尾以及入聲韻尾，並加以練習。

以上這七個章節涵蓋了臺語的聲母、韻母以及基本聲調。

一般變調	特殊變調	書寫規則

了解臺語的聲、韻、調之後，接著學習變調規則。學習變調規則能使字連接成語詞、句子，促進溝通。

臺語的變調規則，分為一般變調和特殊變調。經由書中的說明與練習，能幫助學習者快速掌握並了解臺語的變調方式。

最後一章節為臺羅拼音的書寫規則，了解書寫規則，以利正確書寫臺語。

聽寫練習　700 詞練習　閱讀篇章

　　本章節開始進入練習，首先是聽寫練習，聆聽音檔後寫出正確拼音，接著 700 詞練習讀題後寫出拼音或漢字，經過這樣的反覆練習，最後搭配拼音與漢字閱讀詩與散文。分別從聽、讀語詞到閱讀篇章，以此循序漸進，以收精熟之效。

二、實作練習

1.聆聽音檔與唸讀

　　每一單元有該單元的字例與詞例，掃描封面 QRcode 聆聽音檔，嘗試讀出字例與詞例。

2.查閱字典

　　在字例與詞例中有查閱臺灣閩南語常用詞辭典的練習，步驟如下：

　　⑴ 進入「教育部臺灣閩南語常用詞辭典」

教育部臺灣閩南語常用詞辭典　分類索引　聲韻調索引　部首索引　總筆畫搜尋　附錄　編輯說明　操作說明　相關資源　Introduction

教育部臺灣閩南語常用詞辭典

類型
◉ 用臺灣閩南語查詞目　　用臺灣閩南語查用例
　用華語查用例　　用華語查全文
搜尋
　輸入搜尋辭典文字

　　⑵ 點選上列點選「聲韻調索引」
　　⑶ 依照練習需求點選「聲母」、「韻母」或「聲調」進行查閱。

(12)　臺語拼音做伙學──深入解析臺語拼音和聲調，透過練習掌握技巧

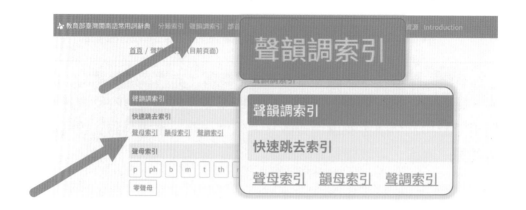

3. 練習題目

　　每一單元有提供該單元的詞例練習題。

CONTENTS
目　錄

第一講

韻母㈠：單元音韻母

　　臺語有 6 個單元音韻母（簡稱單韻母），分別是 /a/、/i/、/u/、/e/、/o/、/oo/，掃描封面 QR Code，請聆聽正確的發音並嘗試模仿。

1.請描寫一次下列單韻母：

a	i	u	e	o	oo
a	i	u	e	o	oo

2.舌面元音圖

　　舌面元音圖為舌面在口腔位置側面視角的透視示意圖，由此圖模擬舌面發音時，聲音與口腔內的聲音共振位置。左「前」表示靠近牙齒；右「後」，表示靠近喉嚨。

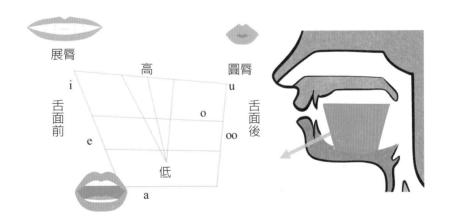

a	i	u

單韻母　字例與詞例 🎧

/ a /

😊聆聽音檔並讀出下列字例

阿	疤	葩	峇	媽	焦	家	跤	哈	差
a	pa	pha	bā	ma	ta	ka	kha	ha	tsha

😊聆聽音檔並讀出下列詞例

烏鴉	腌臢	精差	酒吧	檢查
oo-a	a-tsa	tsing-tsha	tsiú-pa	kiám-tsa
臭焦	籬笆	後跤	膨疱	阿媽
tshàu-ta	lî-pa	āu-kha	phòng-phā	a-má

🖊查閱教育部臺灣閩南語常用詞辭典

1. 寫出5個單元音韻母是/ a /的臺語漢字和拼音

2. 寫出5個單元音韻母是/ a /的臺語語詞和拼音

/ i / 🎧

👄聆聽音檔並讀出下列字例

伊	椅	啡	披	味	麵	豬	肢	欺	絲
i	í	pi	phi	bī	mī	ti	ki	khi	si

👄聆聽音檔並讀出下列詞例

大衣	咖啡	荔枝	麵麴	飛行機
tuā-i	ka-pi	nāi-tsi	mī-thi	hue-lîng-ki
筆記	考試	喙齒	螿蜍	小弟
pit-kì	khó-tshì	tshuì-khí	tsiunn-tsî	sió-tī

✍查閱教育部臺灣閩南語常用詞辭典

1.寫出5個單元音韻母是/ i /的臺語漢字和拼音

2.寫出5個單元音韻母是/ i /的臺語語詞和拼音

/ u /

☺聆聽音檔並讀出下列字例

污	蛛	龜	區	牛	夫	攄	資	趨	師
u	tu	ku	khu	gû	hu	lu	tsu	tshu	su

☺聆聽音檔並讀出下列詞例

蜘蛛	曲疴	身軀	阿母	跳舞
ti-tu	khiau-ku	sin-khu	a-bú	thiàu-bú
護理師	豆腐	阿舅	故事	衫仔櫥
hōo-lí su	tāu-hū	a-kū	kòo-sū	sann-á-tû

✍查閱教育部臺灣閩南語常用詞辭典

1. 寫出5個單元音韻母是/ u /的臺語漢字和拼音

2. 寫出5個單元音韻母是/ u /的臺語語詞和拼音

/ e /

👄聆聽音檔並讀出下列字例

鞋	爬	推	例	雞	溪	彼	這	妻	紗
ê	pê	the	lē	ke	khe	he	tse	tshe	se

👄聆聽音檔並讀出下列詞例

菜蔬 tshài-se	膨紗 phòng-se	徛家 khiā-ke	買賣 bé-bē	美麗 bí-lē
號碼 hō-bé	掃地 sàu-tè	跤底 kha-té	紅茶 âng-tê	玻璃 po-lê

🖌查閱教育部臺灣閩南語常用詞辭典

1. 寫出5個單元音韻母是/ e /的臺語漢字和拼音

2. 寫出5個單元音韻母是/ e /的臺語語詞和拼音

/ o / 🎧

👄聆聽音檔並讀出下列字例

蒿	褒	波	帽	刀	糕	科	號	臊	挲
o	po	pho	bō	to	ko	kho	hō	tsho	so

👄聆聽音檔並讀出下列詞例

茼蒿	鉸刀	米糕	囉嗦	呵咾
tang-o	ka-to	bí-ko	lo-so	o-ló
齒膏	功課	迌𨑨	徛鵝	水蜜桃
khí-ko	kong-khò	tshit-thô	khiā-gô	tsuí-bit-thô

✍️查閱教育部臺灣閩南語常用詞辭典

1. 寫出**5**個單元音韻母是**/ o /**的<u>臺語漢字</u>和拼音

2. 寫出**5**個單元音韻母是**/ o /**的<u>臺語語詞</u>和拼音

/ oo / 🎧

👄聆聽音檔並讀出下列字例

烏	晡	鋪	毛	姑	箍	呼	租	粗	酥
oo	poo	phoo	moo	koo	khoo	hoo	tsoo	tshoo	soo

👄聆聽音檔並讀出下列詞例

下晡	無辜	香菇	肉酥	火金蛄
ē-poo	bû-koo	hiunn-koo	bah-soo	hué-kim-koo
阿祖	烏醋	短褲	畫圖	沃雨
a-tsóo	oo-tshòo	té-khòo	uē-tôo	ak-hōo

✍查閱教育部臺灣閩南語常用詞辭典

1.寫出5個單元音韻母是/ oo /的<u>臺語漢字</u>和拼音

2.寫出5個單元音韻母是/ oo /的<u>臺語語詞</u>和拼音

👂/ o / 和 / oo / 字音辨讀 🎧

o	蒿	膏	慒	燥	挲
	o	ko	tso	tsho	so
oo	烏	孤	租	粗	酥
	oo	koo	tsoo	tshoo	soo

拼音練習 🎧

✍ 練習寫出最後一字的韻母

1	水蜜<u>桃</u>	買<u>賣</u>	咖<u>啡</u>	跳<u>舞</u>	阿<u>祖</u>	膨<u>疱</u>
2	身<u>軀</u>	考<u>試</u>	沃<u>雨</u>	菜<u>蔬</u>	阿<u>媽</u>	茭<u>蒿</u>
3	豆<u>腐</u>	飛行<u>機</u>	腌<u>臢</u>	徛<u>鵝</u>	號<u>碼</u>	下<u>晡</u>
4	呵<u>咾</u>	烏<u>鴉</u>	掃<u>地</u>	故<u>事</u>	短<u>褲</u>	大<u>衣</u>
5	膨<u>紗</u>	蟮<u>蟲</u>	衫仔<u>櫥</u>	米<u>糕</u>	無<u>辜</u>	臭<u>焦</u>
6	酒<u>吧</u>	紅<u>茶</u>	阿<u>母</u>	麵<u>麭</u>	火金<u>蛄</u>	迌<u>迌</u>
7	畫<u>圖</u>	阿<u>舅</u>	水<u>果</u>	小<u>弟</u>	美<u>麗</u>	檢<u>查</u>
8	後<u>跤</u>	筆<u>記</u>	徛<u>家</u>	肉<u>酥</u>	曲<u>疱</u>	囉<u>嗦</u>
9	玻<u>璃</u>	精<u>差</u>	荔<u>枝</u>	蜘<u>蛛</u>	烏<u>醋</u>	功<u>課</u>
10	香<u>菇</u>	籬<u>笆</u>	鉸<u>刀</u>	喙<u>齒</u>	跤<u>底</u>	護理<u>師</u>

解答：

1	水蜜桃	買賣	咖啡	跳舞	阿祖	膨疱
	o	e	i	u	oo	a
2	身軀	考試	沃雨	菜蔬	阿媽	茭菁
	u	i	oo	e	a	o
3	豆腐	飛行機	腌臢	徛鵝	號碼	下晡
	u	i	a	o	e	oo
4	呵咾	烏鴉	掃地	故事	短褲	大衣
	o	a	e	u	oo	i
5	膨紗	蜈蚣	衫仔櫥	米糕	無辜	臭焦
	e	i	u	o	oo	a
6	酒吧	紅茶	阿母	麵麭	火金蛄	迌迌
	a	e	u	i	oo	o
7	畫圖	阿舅	水果	小弟	美麗	檢查
	oo	u	o	i	e	a
8	後跤	筆記	徛家	肉酥	曲痀	囉嗦
	a	i	e	oo	u	o
9	玻璃	精差	荔枝	蜘蛛	烏醋	功課
	e	a	i	u	oo	o
10	香菇	籬笆	鉸刀	喙齒	跤底	護理師
	oo	a	o	i	e	u

第二講
聲調

　　聲調是一種語言特徵，透過語音聲調來區分詞語的意義。臺語是聲調語言，同一個音節的聲調不同，可以使該音節表示完全不同的詞義，聲調對於詞義的確定具有極為重要的影響。例如，〔pa〕這個音節可以有不同的聲調，分別表示「疤」、「飽」、「霸」、「爸」、「罷」等不同的意義。聲調的變化通常通過聲音的高低、升降、長短來表示。聲調可以分為多種類型，如平聲、上聲、去聲、入聲等。因此，聲調在閩南語中被視為區分詞義的重要因素之一，理解和練習聲調也是學習臺語至為關鍵重要的一環。

　　臺語每個音節（字）都有一個聲調，在語詞或語句中有變調的情況，這種變調現象在閩南語中非常常見，且有遵循的規則，而且聲調的變化可以改變詞義。通過熟悉和運用正確的聲調，可以更準確地表達自己的意思，避免誤解並增進溝通的效果，對於正確的詞義理解和語句的流暢性至關重要。有關臺語變調規則將於後文加以說明。

　　有關聲調在不同資料有不同說法，如：

調類：陰平、陰上、陰去、陰入、陽平、陽上、陽去、陽入

調名：第 1 聲、第 2 聲、第 3 聲、第 4 聲……

調階：高平調、高降調、低平調、中促調、上升調、中平調、高促調。

調值：55、53、21、30、24、33、50

　　以上不同名稱是以不同分類方式為聲調分類，因此而有不同名稱，但指的都是臺語的聲調。

表2-1　聲調名稱介紹

調名	第1聲	第2聲	第3聲	第4聲	第5聲	第6聲	第7聲	第8聲
調類	陰平	陰上	陰去	陰入	陽平	陽上	陽去	陽入
調階	高平調	高降調	低平調	中促調	上升調		中平調	高促調
調值	55	42	21	30	24	53	33	50
調號	a	á	à	ah	â	ǎ	ā	a̍h
口訣1	衫	短	褲	闊	人	（矮）	鼻	直
口訣2	獅	虎	豹	鱉	猴	（狗）	象	鹿
口訣3	東	黨	棟	督	同	（動）	洞	毒
口訣4	君	滾	棍	骨	群	（滾）	郡	滑

　　漢語原本有平、上、去、入四聲，在臺語中四聲又分陰、陽，總共形成八個聲調。隨著時間的推移，第6聲（陽上聲）和第2聲（陰上聲）傳統上以其聲調極為接近，因此視為二、六同調，成為七聲八調。（對於陽上第6聲的演變原因，因其複雜性超出本文的討論範圍，需要參考聲韻學和語音學的研究成果以深入探討）。

　　在此特別聲明：

　　本文有關調階或調值主要是顯示音階的對比，協助初學者更容易分辨音調的高低。

　　第3聲音值21雖然有稍往下降，但為調階上將其視為低平調，以利與高平調、中平調加以區分。第5聲聽起來似乎有先降再升，事實上並沒有下降得那麼明顯。當我們發音時用力會感到稍稍向下，但在調階上仍以上升調表示。

　　為使讀者更加了解臺語的聲調，依其聲音的高低變化，以下以五度標記法標示，以利區分不同聲調之間的差異。

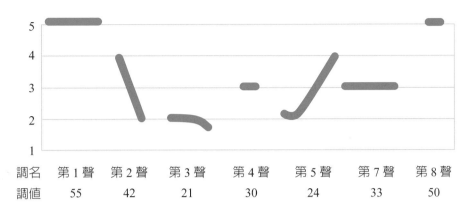

調名	第1聲	第2聲	第3聲	第4聲	第5聲	第7聲	第8聲
調值	55	42	21	30	24	33	50

圖2-1　五度標記法

補充說明：

　　五度標記法的五度音階為這幾個聲調的大致輪廓，標註聲音的開始、長度、轉折、結束，為相對音高而非絕對音高。另外，須注意每個人的音高會有些微高低差異，因此音值的數字也會有些許出入。如：第一聲可能標示 55，也有人標示 44。上述音值為筆者參考各家學者的音值，加上個人的音感所定。

聲調符號說明

1. 第 1 聲和第 4 聲主要元音上面無須標示調號。差別在於第 4 聲為入聲韻尾，第 1 聲非入聲韻尾。

2. 主要元音「i」上若有調號，則上面的點省略。如：î。

3. 主要元音「oo」，調號應標註在第一個 o 上面。如：ōo。

4. 第 4 聲與第 8 聲皆為入聲，以 p、t、k、h 結尾，此處以「h」韻尾為例。

5. 第 2 聲和第 3 聲的調號很容易混亂，可以以「八」這個字的筆劃協助記憶，第一筆「ノ」向左，第二筆「乀」向右，先左再右對應第 2 聲和第 3 聲。第 2 聲調號向左畫撇，如：á；第 3 聲調號向右畫，如：à。

✍ 調號練習：請描寫下列韻母與調號

調名	第 1 聲	第 2 聲	第 3 聲	第 4 聲	第 5 聲	第 7 聲	第 8 聲
口訣	無	左撇	右撇	無	小尖帽	天花板	短哨子
	a	á	à	ah	â	ā	a̍h
	i	í	ì	ih	î	ī	i̍h
	u	ú	ù	uh	û	ū	u̍h
	e	é	è	eh	ê	ē	e̍h
	oo	óo	òo	ooh	ôo	ōo	o̍oh
	o	ó	ò	oh	ô	ō	o̍h

聲調　字例與詞例

第 1 聲 🎧

👄聆聽音檔並讀出下列字例

伊	鉸	豬	龜	跤	夫	這	雞	租	刀
i	ka	ti	ku	kha	hu	tse	ke	tsoo	to

👄聆聽音檔並讀出下列詞例

塑膠	鉸刀	咖啡	囉嗦	查埔
sok-ka	ka-to	ka-pi	lo-so	tsa-poo
皮膚	蜘蛛	老師	身軀	跤頭趺
phuê-hu	ti-tu	lāu-su	sin-khu	kha-thâu-u

第 2 聲 🎧

👄聆聽音檔並讀出下列字例

絞	早	鼠	久	府	貯	馬	所	補	寶
ká	tsá	tshí	kú	hú	té	bé	sóo	póo	pó

👄聆聽音檔並讀出下列詞例

水果	暑假	古早	枸杞	管理
tsuí-kó	sú-ká	kóo-tsá	kóo-kí	kuán-lí
基礎	開始	跳舞	煩惱	住址
ki-tshóo	khai-sí	thiàu-bú	huân-ló	tsū-tsí

第 3 聲 🎧

⊜ 聆聽音檔並讀出下列字例

教	炸	試	句	付	塊	埽	數	布	報
kà	tsà	tshì	kù	hù	tè	sò	sòo	pòo	pò

⊜ 聆聽音檔並讀出下列詞例

秀氣	注意	顧曆	寄付	意思
siù-khì	tsù-ì	kòo-tshù	kià-hù	ì-sù
車庫	演戲	考試	下課	吩咐
tshia-khòo	ián-hì	khó-tshì	hā-khò	huan-hù

第 4 聲 🎧

⊜ 聆聽音檔並讀出下列字例

鴨	紮	滴	盹	瞌	八	桌	克	僫	揾
ah	tsah	tih	tuh	kheh	peh	toh	khik	oh	mooh

⊜ 聆聽音檔並讀出下列詞例

落雪	阿伯	喇叭	擎紮	指甲
lȯh-seh	a-peh	lá-pah	pih-tsah	tsíng-kah
硬插	阿爸	肩胛	爍爁	九層塔
ngē-tshah	a-pah	king-kah	sih-nah	káu-tsàn-thah

第 5 聲 🎧

👄聆聽音檔並讀出下列字例

姨	蚵	皮	茶	圖	藍	爐	牛	柴	時
î	ô	phî	tê	tôo	nâ	lôo	gû	tshâ	sî

👄聆聽音檔並讀出下列詞例

葡萄	紅茶	狐狸	麻糍	皮鞋
phû-tô	âng-tê	hôo-lî	muâ-tsî	phuê-ê
菜籃	柴魚	特殊	枇杷	蜈蜞
tshài-nâ	tshâ-hî	tik-sû	pî-pê	ngôo-khî

第 7 聲 🎧

👄聆聽音檔並讀出下列字例

奕	咬	箸	舅	遇	婦	濟	低	助	道
ī	kā	tī	kū	gū	hū	tsē	kē	tsōo	tō

👄聆聽音檔並讀出下列詞例

滋味	幫助	師傅	開幕	保護
tsu-bī	pang-tsōo	sai-hū	khui-bōo	pó-hōo
故事	罩霧	豆腐	認路	電視
kòo-sū	tà-bū	tāu-hū	jīn-lōo	tiān-sī

第 8 聲 🎧

😊聆聽音檔並讀出下列字例

盒	閘	挃	揬	挈	白	著	薄	學	瘼
åh	tsåh	tih	tůh	khėh	pėh	tòh	pòh	òh	mòoh

😊聆聽音檔並讀出下列詞例

番麥	烏白	喙舌	入學	白鶴
huan-bėh	oo-pėh	tshuì-tsih	jip-òh	pėh-hòh
行踏	轉踅	厝宅	金箔	起凊瘼
kiânn-tåh	tńg-sėh	tshù-thėh	kim-pòh	khí-tshìn-mòoh

聲調辨別

　　臺語是一種以聲調爲特色的語言，並且伴隨著變調的規則。了解臺語的聲調是學習拼音重要的一環。當我們能夠正確地辨識臺語的聲調，之後學習變調的過程就會變得更加容易。

　　上文「聲調名稱介紹」中第 1 聲、第 7 聲分別是高平調和中平調。平調指的是聲音平直地傳出去，沒有明顯的升降變化。高平調和中平調的區別在於音值的高低。第 1 聲是在高音位置平直發音，第 7 聲則是在中音位置平直發音。

　　第 3 聲是在低音位置，先平直發音後再向下降，因此稱爲低降調。第 2 聲是聲音從高音位置快速降到低音位置，故稱爲高降調。第 5 聲是由大約五度音階的第 2 度位置開始向上揚，所以稱爲上升調。

　　第 4 聲和第 8 聲爲入聲，其聲調的特色與其他聲調不同，發出的聲音較爲短促，也就是聲音發出後很快地收束。第 4 聲的音高大約在五度音階中間的位置，因此稱爲中促調；第 8 聲的音高在五度音階高音的位置，所以稱爲高促調。

　　要辨別聲調，可從五音音階依序由高到低作爲聲調辨識的開始。

　　首先辨識第 1 聲（高平調）、第 7 聲（中平調）、第 3 聲（低降調），了解此三種聲調的高低差異；接著再了解第 2 聲（高降調）和第 5 聲（上升調）的不同；最後辨別第 8 聲（高促調）與第 4 聲（中促調），依此循序漸進準確掌握每個聲調的不同走勢，提高聽辨的準確性，有助於後續理解變調規則。

1. 🔊 由上往下依序讀出第1聲、第7聲、第3聲字例

第1聲	疤 pa	豬 ti	夫 hu	這 tse	雞 ke	晡 poo	褒 po	伊 i	龜 ku
第7聲	罷 pā	箸 tī	婦 hū	濟 tsē	低 kē	步 pōo	抱 pō	奕 ī	舅 kū
第3聲	豹 pà	戴 tì	付 hù	祭 tsè	價 kè	布 pòo	報 pò	意 ì	句 kù

2. 🔊 由上往下依序讀出第2聲、第5聲字例

第2聲	飽 pá	抵 tí	府 hú	姐 tsé	假 ké	補 póo	寶 pó	椅 í	矮 é
第5聲	琶 pâ	池 tî	扶 hû	齊 tsê	枷 kê	脯 pôo	婆 pô	姨 î	鞋 ê

3. 🔊 由上往下依序讀出第4聲、第8聲字例

第4聲	鴨 ah	紮 tsah	滴 tih	摺 tsih	盹 tuh	瞌 kheh	夾 ngeh	擵 mooh	卜 poh
第8聲	盒 a̍h	閘 tsa̍h	碟 ti̍h	舌 tsi̍h	揆 tu̍h	挈 khe̍h	挾 nge̍h	膜 mo̍oh	薄 po̍h

拼音練習 🎧

🖊 第 1、7、3 聲練習：聽音檔，寫出下列語詞後一字的韻母與調號 🎧

1	開幕	注意	顧厝	塑膠	保護
2	咖啡	囉嗦	滋味	寄付	查埔
3	鉸刀	秀氣	師傅	幫助	意思

解答：

1	開幕	注意	顧厝	塑膠	保護
	ōo	ì	ù	a	ōo
2	咖啡	囉嗦	滋味	寄付	查埔
	i	o	ī	ù	oo
3	鉸刀	秀氣	師傅	幫助	意思
	o	ì	ū	ōo	ù

🖊 第 2、5 聲練習：聽音檔，寫出後一字的韻母與調號。🎧

4	管理	枸杞	紅茶	麻糍	水果
5	皮鞋	狐狸	古早	暑假	葡萄

解答：

4	管理	枸杞	紅茶	麻糍	水果
	í	í	ê	î	ó
5	皮鞋	狐狸	古早	暑假	葡萄
	ê	î	á	á	ô

🐌 第 1、7、3、2、5 聲練習：聽音檔，寫出後一字的韻母與調號。🎧

6	特殊	豆腐	跳舞	考試	跤頭趺
7	電視	下課	柴魚	基礎	蜘蛛
8	住址	菜籃	認路	老師	演戲
9	罩霧	枇杷	皮膚	吩咐	車庫
10	身軀	開始	煩惱	蜈蜞	故事

解答：

6	特殊	豆腐	跳舞	考試	跤頭趺
	û	ū	ú	ì	u
7	電視	下課	柴魚	基礎	蜘蛛
	ī	ò	î	óo	u

8	住址	菜籃	認路	老師	演戲
	í	â	ōo	u	ì
9	罩霧	枇杷	皮膚	吩咐	車庫
	ū	ê	u	ù	òo
10	身軀	開始	煩惱	蜈蜙	故事
	u	í	ó	î	ū

🎵 第 4、8 聲練習：聽音檔，寫出後一字的韻母與調號。🎧

11	行踏	起清瘮	擎紮	金箔	落雪
12	指甲	白鶴	硬插	轉踅	厝宅
13	九層塔	喇叭	喙舌	阿伯	番麥
14	爍爁	肩胛	入學	阿爸	烏白

解答：

11	行踏	起清瘮	擎紮	金箔	落雪
	ȧh	ȯoh	ah	ȯh	eh
12	指甲	白鶴	硬插	轉踅	厝宅
	ah	ȯh	ah	ėh	ėh
13	九層塔	喇叭	喙舌	阿伯	番麥
	ah	ah	ih	eh	ėh
14	爍爁	肩胛	入學	阿爸	烏白
	ah	ah	ȯh	ah	ėh

第三講

聲母

　　聲母，是位於韻母前面的輔音，跟韻母一起構成一個完整的音節。不同的語言中，聲母系統可能有所不同。根據其發音部位，可分爲：雙脣音、舌尖音、齒音（又稱舌齒音）、舌根音、喉音（又稱聲門音）。

1. 雙脣音：／ p ／、／ ph ／、／ b ／、／ m ／，發音時雙脣閉合阻擋氣流，然後鬆開發出聲音，但發／ m ／時，口腔的氣流被擋住時，氣流改從鼻腔洩出。

2. 舌尖音：／ t ／、／ th ／、／ n ／、／ l ／，發音時將舌尖放在上門牙和牙齦的交界處，阻擋氣流，然後鬆開發出聲音。然而，／ n ／、／ l ／並沒有完全阻擋氣流，／ n ／的氣流從鼻腔出來，／ l ／的氣流從舌頭的兩側流出。

3. 齒音（舌齒音）：／ ts ／、／ tsh ／、／ s ／、／ j ／，發音時將舌頭靠近門牙而不接觸牙齦，且不完全阻擋氣流，空氣從阻擋的縫隙中穿過發出聲音。

4. 舌根音：／ k ／、／ kh ／、／ g ／、／ ng ／，發音時以舌根阻擋氣流，然後鬆開發出聲音。當發音 ng 時，阻擋氣流，氣從鼻腔流出。

5. 喉音（聲門音）：／ h ／，發音時放鬆喉部，讓氣流通過。舌頭應該保持平坦，不接觸任何部位，讓氣流自由通過。

　　臺語聲母共有十七個，其發音部位發音方法如下圖所示：

發音部位　　　　發音方法	塞音、塞擦音			擦音	鼻音	邊音
	不送氣	送氣	濁音			
雙唇音（上唇、下唇）	p	ph	b		m	
舌尖音（舌尖、上齒齦）	t	th			n	l
齒音／舌齒音（舌尖、上齒背）	ts	tsh	j	s		
舌根音（舌根、軟顎）	k	kh	g		ng	
喉音（聲門音）	h			h		

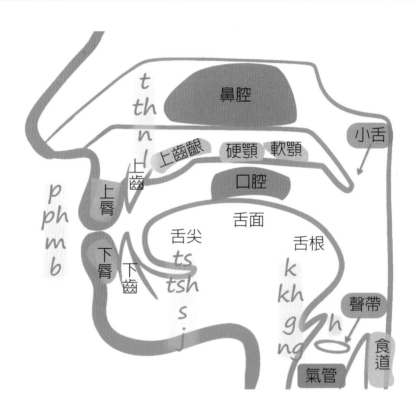

✍ 書寫練習

p	ph	b	m	t	th	n	l	k	kh
p	ph	b	m	t	th	n	l	k	kh

g	ng	ts	tsh	s	j
g	ng	ts	tsh	s	j

聲母　字例與詞例 🎧

/ p- /

👄唸看覓

pa	pi	pu	pe	poo	po

👄聆聽音檔並讀出下列字例

芭	巴	啡	鬡	呼	埔	扒	晡	褒	玻
pa	pa	pi	pi	pu	poo	pe	poo	po	po

👄聆聽音檔並讀出下列詞例

保庇 pó-pì	枇杷 pî-pê	勞保 lô-pó	酒吧 tsiú-pa	咖啡 ka-pi
查埔 tsa-poo	慈悲 tsû-pi	珠寶 tsu-pó	阿婆 a-pô	下晡 ē-poo

✍查閱教育部臺灣閩南語常用詞辭典

1.寫出5個聲母是/ p /的臺語<u>漢字</u>佮拼音

2.寫出5個聲母是/ p /的臺語<u>語詞</u>佮拼音

/ ph- / 🎧

👄唸看覓

pha	phi	phu	phe	phoo	pho

👄聆聽音檔並讀出下列字例

拋	葩	披	批	砒	浮	鋪	泡	波	坡
pha	pha	phi	phi	phi	phû	phoo	pho	pho	pho

👄聆聽音檔並讀出下列詞例

山坡 suann-pho	刺波 tshì-pho	臭殕 tshàu-phú	可怕 khó-phà	雪文泡 sap-bûn pho
卑鄙 pi-phí	家譜 ka-phóo	膨疱 phòng-phā	堅疕 kian-phí	頭麩 thâu-phoo

✍查閱教育部臺灣閩南語常用詞辭典

1.寫出5個聲母是/ ph /的<u>臺語漢字</u>佮拼音

2.寫出5個聲母是/ ph /的<u>臺語語詞</u>佮拼音

/ b- / 🎧

㊀唸看覓

ba	bi	bu	be	boo	bo

㊁聆聽音檔並讀出下列字例

峇 bā	麻 bâ	米 bí	味 bī	霧 bū	舞 bú	馬 bé	買 bé	某 bóo	帽 bō

㊂聆聽音檔並讀出下列詞例

跤模 kha-bôo	買賣 bé-bē	氣味 khì-bī	爸母 pē-bú	密碼 bit-bé
思慕 su-bōo	稀微 hi-bî	蝦米 hê-bí	踮沬 tiàm-bī	果子猫 kué-tsí-bâ

✍查閱教育部臺灣閩南語常用詞辭典

1.寫出5個聲母是/ b /的<u>臺語漢字</u>佮拼音

2.寫出5個聲母是/ b /的<u>臺語語詞</u>佮拼音

/ m- /

○唸看覓

ma	mi	me	moo

○聆聽音檔並讀出下列字例

媽	碼	麻	糜	鞭	麵	搣	暝	毛	摸
ma	má	mâ	mi	mi	mī	me	mê	moo	moo

○聆聽音檔並讀出下列詞例

青盲	連鞭	泡麵	海綿	相罵
tshenn-mê	liâm-mi	phàu-mī	hái-mî	sio-mē
暗暝	阿媽	這馬	羽毛	感冒
àm-mê	a-má	tsit-má	ú-môo	kám-mōo

✍查閱教育部臺灣閩南語常用詞辭典

1.寫出5個聲母是/ m /的<u>臺語漢字</u>佮拼音

2.寫出5個聲母是/ m /的<u>臺語語詞</u>佮拼音

拼音練習 🎧

✍寫出後一字的聲母與韻母，並加上聲調。

1	泡麵	臭殕	蝦米	珠寶	果子猫
2	可怕	相罵	阿婆	海綿	踮沬
3	連鞭	稀微	查埔	山坡	思慕
4	慈悲	刺波	青盲	下晡	雪文泡
5	卑鄙	暗暝	保庇	跤模	密碼
6	阿媽	勞保	爸母	感冒	頭麩
7	買賣	家譜	枇杷	這馬	堅疕
8	羽毛	酒吧	氣味	膨疱	咖啡

解答：

1	泡麵	臭殕	蝦米	珠寶	果子猫
	mī	phú	bí	pó	bâ
2	可怕	相罵	阿婆	海綿	踮沬
	phà	mē	pô	mî	bī

3	連鞭	稀微	查埔	山坡	思慕
	mi	bî	poo	pho	bōo
4	慈悲	刺波	青盲	下晡	雪文泡
	pi	pho	mê	poo	pho
5	卑鄙	暗暝	保庇	跤模	密碼
	phí	mê	pì	bôo	bé
6	阿媽	勞保	爸母	感冒	頭麩
	má	pó	bú	mōo	phoo
7	買賣	家譜	枇杷	這馬	堅疕
	bē	phóo	pê	má	phí
8	羽毛	酒吧	氣味	膨疱	咖啡
	môo	pa	bī	phā	pi

/ t- /

⊖唸看覓

ta	ti	tu	te	too	to

⊖聆聽音檔並讀出下列字例

焦 ta	豬 ti	櫥 tû	貯 té	短 té	茶 tê	肚 tōo	逃 tô	刀 to	桃 tô

⊖聆聽音檔並讀出下列詞例

蜘蛛 ti-tu	電池 tiān-tî	葡萄 phû-tô	鉸刀 ka-to	問題 būn-tê
祈禱 kî-tó	長短 tîng-té	紅茶 âng-tê	碗箸 uánn-tī	駱駝 lȯk-tô

✍查閱教育部臺灣閩南語常用詞辭典

1.寫出5個聲母是/ t /的臺語漢字佮拼音

2.寫出5個聲母是/ t /的臺語語詞佮拼音

/ th- / 🎧

👄唸看覓

tha	thi	thu	the	thoo	tho

👄聆聽音檔並讀出下列字例

黐	黐	胎	推	撐	觺	梯	吐	兔	桃
thi	thi	the	the	the	the	the	thòo	thòo	thô

👄聆聽音檔並讀出下列詞例

媒體	麵黐	倒退	脾土	迌迌
muî-thé	mī-thi	tò-thè	pî-thóo	tshit-thô
挨推	外套	櫻桃	挖塗	黏黐黐
e-the	guā-thò	ing-thô	óo-thôo	liâm-thi-thi

🖋查閱教育部臺灣閩南語常用詞辭典

1.寫出5個聲母是/ th /的臺語漢字佮拼音

2.寫出5個聲母是/ th /的臺語語詞佮拼音

/ n- / 🎧

⊜唸看覓

na	ni	ne	noo	no

⊜聆聽音檔並讀出下列字例

若	林	籃	藍	拈	年	染	晾	拈	老
ná	nâ	nâ	nâ	ni	nî	ní	nê	ne	nóo

⊜聆聽音檔並讀出下列詞例

偷拈	舊年	樹林	憤怒	瓜仔哖
thau ni	kū-nî	tshiū-nâ	hùn-nōo	kue-á-nî
按呢	芋泥	菜籃	芥藍	白木耳
án-ne	ōo-nî	tshài-nâ	kè-nâ	pe̍h-bo̍k-ní

✍查閱教育部臺灣閩南語常用詞辭典

1. 寫出5個聲母是/ n /的臺語漢字佮拼音

2. 寫出5個聲母是/ n /的臺語語詞佮拼音

/ l- / 🎧

☺唸看覓

la	li	lu	le	loo	lo

☺聆聽音檔並讀出下列字例

扐	你	理	女	鑢	例	禮	路	爐	鑼
lā	lí	lí	lú	lù	lē	lé	lōo	lôo	lô

☺聆聽音檔並讀出下列詞例

玻璃 po-lê	疲勞 phî-lô	阿咾 o-ló	鼓勵 kóo-lē	露螺 lōo-lê
美麗 bí-lē	咖哩 ka-lí	伶俐 líng-lī	街路 ke-lōo	鯪鯉 lâ-lí

✍查閱教育部臺灣閩南語常用詞辭典

1.寫出5個聲母是/ l /的臺語漢字佮拼音

2.寫出5個聲母是/ l /的臺語語詞佮拼音

拼音練習 🎧

✍ 寫出後一字的聲母與韻母，並加上聲調。

1	憤怒	鼓勵	鉸刀	脾土	迌迌
2	蜘蛛	媒體	偷拈	玻璃	問題
3	麵麶	疲勞	電池	舊年	瓜仔哖
4	呵咾	倒退	露螺	葡萄	樹林
5	伶俐	櫻桃	菜籃	駱駝	紅茶
6	街路	白木耳	挖塗	芥藍	碗箸
7	芋泥	外套	咖哩	長短	鯪鯉
8	美麗	按呢	挨推	祈禱	黏黐黐

解答：

1	憤怒	鼓勵	鉸刀	脾土	迌迌
	nōo	lē	to	thóo	thô
2	蜘蛛	媒體	偷拈	玻璃	問題
	tu	thé	ni	lê	tê

3	麵麭	疲勞	電池	舊年	瓜仔哖
	thi	lô	tî	nî	nî
4	呵咾	倒退	露螺	葡萄	樹林
	ló	thè	lê	tô	nâ
5	伶俐	櫻桃	菜籃	駱駝	紅茶
	lī	thô	nâ	ô	tê
6	街路	白木耳	挖塗	芥藍	碗箸
	lōo	ní	óo-thôo	kè-nâ	tī
7	芋泥	外套	咖哩	長短	鯪鯉
	nî	thò	lí	té	lí
8	美麗	按呢	挨推	祈禱	黏黐黐
	lē	ne	the	tó	thi

/ k- / 🎧

⊖唸看覓

ka	ki	ku	ke	koo	ko

⊖聆聽音檔並讀出下列字例

加	飢	枝	狗	龜	雞	街	菇	姑	哥
ka	ki	ki	ku	ku	ke	ke	koo	koo	ko

⊖聆聽音檔並讀出下列詞例

渡假 tōo-ká	水果 tsuí-kó	茶鈷 tê-kóo	司機 su-ki	家己 ka-kī
齒膏 khí-ko	枸杞 kóo-kí	四界 sì-kè	阿姑 a-koo	踅街 sèh-ke

✍查閱教育部臺灣閩南語常用詞辭典

1. 寫出5個聲母是/ k /的臺語漢字佮拼音

2. 寫出5個聲母是/ k /的臺語語詞佮拼音

/ kh- / 🎧

⊖唸看覓

kha	khi	khu	khe	khoo	kho

⊖聆聽音檔並讀出下列字例

跤	敆	欺	坵	軀	刮	溪	呼	箍	科
kha	khi	khi	khu	khu	khe	khe	khoo	khoo	kho

⊖聆聽音檔並讀出下列詞例

蜈蜞 ngôo-khî	躼跤 lò-kha	喙齒 tshuì-khí	目箍 bàk-khoo	眼科 gán-kho
短褲 té-khòo	痛苦 thòng-khóo	身軀 sin-khu	功課 kong-khò	早起 tsá-khí

✍查閱教育部臺灣閩南語常用詞辭典

1.寫出5個聲母是/ kh /的臺語漢字佮拼音

2.寫出5個聲母是/ kh /的臺語語詞佮拼音

/ g- /

◉唸看覓

ga	gi	gu	ge	goo	go

◉聆聽音檔並讀出下列字例

芽	宜	儀	牛	魚	藝	五	午	熬	餓
gâ	gî	gî	gû	gû	gē	gōo	gōo	gô	gō

◉聆聽音檔並讀出下列詞例

蟟蜈	失誤	公寓	待遇	水牛
lâ-giâ	sit-gōo	kong-gū	thāi-gū	tsuí-gû
手藝	懷疑	講義	司儀	徛鵝
tshiú-gē	huâi-gî	káng-gī	su-gî	khiā-gô

✍查閱教育部臺灣閩南語常用詞辭典

1. 寫出5個聲母是 / g / 的臺語漢字佮拼音

2. 寫出5個聲母是 / g / 的臺語語詞佮拼音

/ ng- / 🎧

😄唸看覓

nga	nge	ngoo

😄聆聽音檔並讀出下列字例

雅	硬	伍	吳	五	忤	我	午	娛	傲
ngá	ngē	ngóo	ngôo	ngóo	ngóo	ngóo	ngóo	ngôo	ngōo

😄聆聽音檔並讀出下列詞例

儼硬	上午	自我	文雅	踏硬
giám-ngē	siōng-ngóo	tsū-ngóo	bûn-ngá	tảh-ngē
退伍	嫦娥	松梧	覺悟	驕傲
thè-ngóo	Siông-ngôo	siông-ngôo	kak-ngōo	kiau-ngōo

✍查閱教育部臺灣閩南語常用詞辭典

1.寫出5個聲母是/ ng /的臺語漢字佮拼音

2.寫出5個聲母是/ ng /的臺語語詞佮拼音

/ h- / 🎧

⊜唸看覓

ha	hi	hu	he	hoo	ho

⊜聆聽音檔並讀出下列字例

哈	墟	嘻	稀	烌	夫	彼	痻	呼	熇
ha	hi	hi	hi	hu	hu	he	he	hoo	ho

⊜聆聽音檔並讀出下列詞例

峴雨 bih-hōo	毛蟹 môo-hē	招呼 tsio-hoo	謙虛 khiam-hi	皮膚 phuê-hu
演戲 ián-hì	歡喜 huann-hí	保護 pó-hōo	豆腐 tāu-hū	師傅 sai-hū

🖋查閱教育部臺灣閩南語常用詞辭典

1. 寫出5個聲母是/ h /的臺語漢字佮拼音

2. 寫出5個聲母是/ h /的臺語語詞佮拼音

拼音練習 🎧

✍ 寫出後一字的聲母與韻母，並加上聲調。

1	眼<u>科</u>	家<u>己</u>	自<u>我</u>	招<u>呼</u>	待<u>遇</u>
2	蟧<u>蜈</u>	渡<u>假</u>	蜈<u>蜞</u>	儼<u>硬</u>	覕<u>雨</u>
3	水<u>果</u>	躼<u>跤</u>	失<u>誤</u>	毛<u>蟹</u>	上<u>午</u>
4	謙<u>虛</u>	文<u>雅</u>	公<u>寓</u>	茶<u>鈷</u>	喙<u>齒</u>
5	<u>齒</u>膏	懷<u>疑</u>	驕<u>傲</u>	師<u>傅</u>	短<u>褲</u>
6	歡<u>喜</u>	手<u>藝</u>	四<u>界</u>	痛<u>苦</u>	覺<u>悟</u>
7	豆<u>腐</u>	枸<u>杞</u>	身<u>軀</u>	司<u>儀</u>	嫦<u>娥</u>
8	演<u>戲</u>	講<u>義</u>	功<u>課</u>	阿<u>姑</u>	退<u>伍</u>

解答：

1	眼<u>科</u>	家<u>己</u>	自<u>我</u>	招<u>呼</u>	待<u>遇</u>
	kho	kī	ngóo	hoo	gū
2	蟧<u>蜈</u>	渡<u>假</u>	蜈<u>蜞</u>	儼<u>硬</u>	覕<u>雨</u>
	giâ	ká	khî	ngē	hōo

3	水果	脹跤	失誤	毛蟹	上午
	kó	kha	gōo	hē	ngóo
4	謙虛	文雅	公寓	茶鈷	喙齒
	hi	ngá	gū	kóo	khí
5	齒膏	懷疑	驕傲	師傅	短褲
	ko	gî	ngōo	hū	khòo
6	歡喜	手藝	四界	痛苦	覺悟
	hí	gē	sì-kè	khóo	ngōo
7	豆腐	枸杞	身軀	司儀	嫦娥
	hū	kí	khu	gî	ngôo
8	演戲	講義	功課	阿姑	退伍
	hì	gī	khò	koo	ngóo

/ ts- /

唸看覓

tsa	tsi	tsu	tse	tsoo	tso

聆聽音檔並讀出下列字例

查	昨	之	脂	珠	姿	這	租	組	遭
tsa	tsa	tsi	tsi	tsu	tsu	tse	tsoo	tsoo	tso

聆聽音檔並讀出下列詞例

阿祖 a-tsóo	齪嘈 tsak-tsō	番薯 han-tsî	紅棗 âng-tsó	同齊 tâng-tsê
代誌 tāi-tsì	出租 tshut-tsoo	荔枝 nāi-tsi	腌臢 a-tsa	真珠 tsin-tsu

查閱教育部臺灣閩南語常用詞辭典

1. 寫出5個聲母是/ ts /的臺語漢字佮拼音

2. 寫出5個聲母是/ ts /的臺語語詞佮拼音

/ tsh- / 🎧

⊜唸看覓

tsha	tshi	tshu	tshe	tshoo	tsho

⊜聆聽音檔並讀出下列字例

差	鰓	趨	叉	妻	初	粗	初	操	燥
tsha	tshi	tshu	tshe	tshe	tshe	tshoo	tshoo	tsho	tsho

⊜聆聽音檔並讀出下列詞例

興趣	攪吵	認錯	油臊	潦草
hìng-tshù	kiáu-tshá	jīn-tshò	iû-tsho	ló-tshó
鳥鼠	魚刺	基礎	烏醋	米粉炒
niáu-tshí	hî-tshì	ki-tshóo	oo-tshòo	bí-hún-tshá

⚲查閱教育部臺灣閩南語常用詞辭典

1.寫出5個聲母是/ tsh /的臺語漢字佮拼音

2.寫出5個聲母是/ tsh /的臺語語詞佮拼音

/ s- / 🎧

👄唸看覓

sa	si	su	se	soo	so

👄聆聽音檔並讀出下列字例

捎	沙	絲	詩	師	輸	西	蔬	酥	挲
sa	sa	si	si	su	su	se	se	soo	so

👄聆聽音檔並讀出下列詞例

清洗 tshing-sé	豆沙 tāu-se	菜蔬 tshài-se	暗時 àm-sî	霧嗄嗄 bū-sà-sà
閉思 pì-sù	鎖匙 só-sî	近視 kīn-sī	四序 sù-sī	白翎鷥 pe̍h-līng-si

🔊查閱教育部臺灣閩南語常用詞辭典

1. 寫出5個聲母是/ s /的臺語漢字佮拼音

2. 寫出5個聲母是/ s /的臺語語詞佮拼音

/ j- / 🎧

⊖唸看覓

ji	ju

⊖聆聽音檔並讀出下列字例

二	字	餌	膩	而	裕	乳	如	儒	喻
jī	jī	jī	jī	jî	jū	jú	jû	jû	jū

⊖聆聽音檔並讀出下列詞例

細膩 sè-jī	魚餌 hî-jī	豆乳 tāu-jú	如果 jû-kó	文字 bûn-jī
富裕 hù-jū	囝兒 kiánn-jî	譬喻 phì-jū	棋子 kî-jí	比如 pí-jû

🖐查閱教育部臺灣閩南語常用詞辭典

1.寫出5個聲母是/ j /的臺語漢字佮拼音

2.寫出5個聲母是/ j /的臺語語詞佮拼音

拼音練習 🎧

✍寫出後一字的聲母與韻母，並加上聲調。

1	如<u>果</u>	暗<u>時</u>	認<u>錯</u>	真<u>珠</u>	潦<u>草</u>
2	清<u>洗</u>	油<u>臊</u>	細<u>膩</u>	菜<u>蔬</u>	腌<u>臢</u>
3	霧<u>嗄嗄</u>	興<u>趣</u>	文<u>字</u>	代<u>誌</u>	豆<u>乳</u>
4	魚<u>餌</u>	荔<u>枝</u>	豆<u>沙</u>	出<u>租</u>	攪<u>吵</u>
5	基<u>礎</u>	近<u>視</u>	番<u>薯</u>	譬<u>喻</u>	比<u>如</u>
6	鎖<u>匙</u>	魚<u>刺</u>	四<u>序</u>	齷<u>齪</u>	米粉<u>炒</u>
7	富<u>裕</u>	阿<u>祖</u>	鳥<u>鼠</u>	閉<u>思</u>	同<u>齊</u>
8	棋<u>子</u>	紅<u>棗</u>	囡<u>兒</u>	烏<u>醋</u>	白翎<u>鷥</u>

解答：

1	如<u>果</u>	暗<u>時</u>	認<u>錯</u>	真<u>珠</u>	潦<u>草</u>
	kó	sî	tshò	tsu	tshó
2	清<u>洗</u>	油<u>臊</u>	細<u>膩</u>	菜<u>蔬</u>	腌<u>臢</u>
	sé	tsho	jī	se	tsa

3	霧嗄嗄	興趣	文字	代誌	豆乳
	sà	tshù	jī	tsì	jú
4	魚餌	荔枝	豆沙	出租	攪吵
	jī	tsi	se	tsoo	tshá
5	基礎	近視	番薯	譬喻	比如
	tshóo	sī	tsî	jū	jû
6	鎖匙	魚刺	四序	齪嘈	米粉炒
	sî	tshì	sī	tsō	tshá
7	富裕	阿祖	鳥鼠	閉思	同齊
	jū	tsóo	tshí	sù	tsê
8	棋子	紅棗	囡兒	烏醋	白翎鷥
	jí	tsó	jî	tshòo	si

㊁複習聲母、韻母

臺羅音標字母歌

p	ph	b	m	羅	馬	字
t	th	n	l	真	好	認
k	～	kh	h	g	佮	ng
閣	有	ts	tsh	s	佮	j
a	i	u	e	oo	佮	o
臺	語	拼	音	我	肯	學

臺羅音標字母歌

第四講

韻母㈡：複韻母

　　複韻母是由兩個或三個元音組合而成的韻母，其發音是連續不中斷的，不僅僅是簡單地將兩個或三個元音拼合而已，拼合之後成為了一種固定的結合韻，因此應該將它們視為一個整體語音單位。臺語的複韻母共有十個，依據口腔的開合、圓脣、展脣的組合，分別是／ai／、／au／、／ia／、／iu／、／io／、／ua／、／ui／、／ue／、／iau／、／uai／。

　　其發音組合過程如下列圖片所示。（箭頭開始是發音開始位置，箭頭方向為發音結束位置。）

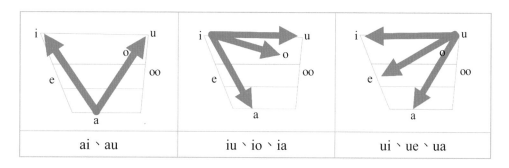

| | ai、au | iu、io、ia | ui、ue、ua |

聲音的開始 聲音的結束	a	i	u
a		ia	ua
i	ai		ui
u	au	iu	
e			ue
o		io	
i、u 為介音		iau	uai

說明：iau 的第一個字母 i 為介音。uai 的第一個字母 u 為介音。

複韻母　字例與詞例 🎧

/ ai /

👄聆聽音檔並讀出下列字例

哀	俳	篩	颱	奶	該	開	知	猜	獅
ai	pai	thai	thai	nai	kai	khai	tsai	tshai	sai

👄聆聽音檔並讀出下列詞例

交代	厲害	心態	風颱	袂穤
kau-tài	lī-hāi	sim-thài	hong-thai	bē-bái
可愛	囂俳	司奶	未來	肚臍
khó-ài	hiau-pai	sai-nai	bī-lâi	tōo-tsâi

🖐查閱教育部臺灣閩南語常用詞辭典

1.寫出5個韻母是/ ai /的臺語漢字佮拼音

2.寫出5個韻母是/ ai /的臺語語詞佮拼音

/ au / 🎧

👄聆聽音檔並讀出下列字例

甌	包	拋	兜	偷	溝	蛟	剾	抄	梢
au	pau	phau	tau	thau	kau	kau	khau	tshau	sau

👄聆聽音檔並讀出下列詞例

電腦 tiān-náu	肉包 bah-pau	禮貌 lé-māu	咳嗽 ka-sàu	摒掃 piànn-sàu
懊惱 àu-náu	緣投 iân-tâu	茶甌 tê-au	嚨喉 nâ-âu	蓮藕 liân-ngāu

✍查閱教育部臺灣閩南語常用詞辭典

1.寫出5個韻母是/ au /的臺語漢字佮拼音

2.寫出5個韻母是/ au /的臺語語詞佮拼音

/ ia / 🎧

👄聆聽音檔並讀出下列字例

埃	爹	奇	遐	靴	遮	車	揮	賒	遮
ia	tia	khia	hia	hia	tsia	tshia	tshia	sia	jia

👄聆聽音檔並讀出下列詞例

甘蔗	宵夜	駛車	坱埃	狗蟻
kam-tsià	siau-iā	sái-tshia	ing-ia	káu-hiā
記者	書寫	私奇	多謝	討厭
kì-tsiá	su-siá	sai-khia	to-siā	thó-ià

✍查閱教育部臺灣閩南語常用詞辭典

1. 寫出5個韻母是/ ia /的臺語漢字佮拼音

2. 寫出5個韻母是/ ia /的臺語語詞佮拼音

/ iu / 🎧

😮聆聽音檔並讀出下列字例

優	丟	抽	溜	勼	咻	瞅	鬏	收	修
iu	tiu	thiu	liu	kiu	hiu	tsiu	tshiu	siu	siu

😮聆聽音檔並讀出下列詞例

尾溜 bué-liu	朋友 pîng-iú	退休 thè-hiu	目睭 ba̍k-tsiu	白柚 pe̍h-iū
籃球 nâ-kiû	攑手 gia̍h-tshiú	旅遊 lí-iû	香油 hiang-iû	掃帚 sàu-tshiú

✍查閱教育部臺灣閩南語常用詞辭典

1.寫出5個韻母是/ iu /的臺語漢字佮拼音

2.寫出5個韻母是/ iu /的臺語語詞佮拼音

/ io /

👄聆聽音檔並讀出下列字例

么	腰	鏢	相	燒	挑	俏	蕉	椒	招
io	io	pio	sio	sio	thio	tshio	tsio	tsio	tsio

👄聆聽音檔並讀出下列詞例

酥腰	走標	保鏢	發燒	相招
soo-io	tsáu-pio	pó-pio	huat-sio	sio-tsio
胡椒	弓蕉	手錶	炕窯	天橋
hôo-tsio	king-tsio	tshiú-pió	khòng-iô	thian-kiô

✍查閱教育部臺灣閩南語常用詞辭典

1. 寫出5個韻母是/ io /的臺語漢字佮拼音

2. 寫出5個韻母是/ io /的臺語語詞佮拼音

/ ua /

聆聽音檔並讀出下列字例

蛙	娃	幔	拖	歌	華	沙	砂	痧	鯊
ua	ua	mua	thua	kua	hua	sua	sua	sua	sua

聆聽音檔並讀出下列詞例

消化	批紙	淺拖	雨幔	盤撋
siau-huà	phue-tsuá	tshián-thua	hōo-mua	puânn-nuá
鞋帶	隱瞞	喙瀾	序大	荏懶
ê-tuà	ún-muâ	tshuì-nuā	sī-tuā	lám-nuā

查閱教育部臺灣閩南語常用詞辭典

1. 寫出5個韻母是/ ua /的臺語漢字佮拼音

2. 寫出5個韻母是/ ua /的臺語語詞佮拼音

/ ui / 🎧

⬭聆聽音檔並讀出下列字例

威	萎	追	梯	規	開	飛	錐	催	雖
ui	ui	tui	thui	kui	khui	hui	tsui	tshui	sui

⬭聆聽音檔並讀出下列詞例

大腿	花蕊	古錐	芫荽	樓梯
tuā-thuí	hue-luí	kóo-tsui	iân-sui	lâu-thui
玫瑰	洗喙	四季	排隊	減肥
muî-kuì	sé-tshuì	sù-kuì	pâi-tuī	kiám-puî

✍查閱教育部臺灣閩南語常用詞辭典

1. 寫出5個韻母是/ ui /的臺語漢字佮拼音

2. 寫出5個韻母是/ ui /的臺語語詞佮拼音

/ ue /

聆聽音檔並讀出下列字例

鍋	煨	菠	批	瓜	詼	花	飛	炊	衰
ue	ue	pue	phue	kue	khue	hue	hue	tshue	sue

聆聽音檔並讀出下列詞例

寶貝	笑詼	西瓜	寄批	工課
pó-puè	tshiò-khue	si-kue	kià-phue	khang-khuè
喙頓	蘆薈	小妹	棉被	面皮
tshuì-phué	lôo-huē	sió-muē	mî-phuē	bīn-phuê

查閱教育部臺灣閩南語常用詞辭典

1. 寫出5個韻母是/ ue /的臺語漢字佮拼音

2. 寫出5個韻母是/ ue /的臺語語詞佮拼音

/ iau / 🎧

⊖聆聽音檔並讀出下列字例

妖	枵	標	飄	調	挑	貓	擽	招	消
iau	iau	piau	phiau	tiau	thiau	niau	ngiau	tsiau	siau

⊖聆聽音檔並讀出下列詞例

逍遙	布料	見笑	烏貓	手曲
siau-iâu	pòo-liāu	kiàn-siàu	oo-niau	tshiú-khiau
水餃	粉鳥	無聊	歌謠	奇妙
tsuí-kiáu	hún-tsiáu	bô-liâu	kua-iâu	kî-miāu

✍查閱教育部臺灣閩南語常用詞辭典

1.寫出5個韻母是/ iau /的臺語漢字佮拼音

2.寫出5個韻母是/ iau /的臺語語詞佮拼音

/ uai / 🎧

⊜ 聆聽音檔並讀出下列字例

歪	乖	拐	枴	快	怪	淮	槐	懷	壞
uai	kuai	kuái	kuái	khuài	kuài	huâi	huâi	huâi	huāi

⊜ 聆聽音檔並讀出下列詞例

輕快 khin-khuài	敗壞 pāi-huāi	關懷 kuan-huâi	破壞 phò-huāi	狡怪 káu-kuài
歪喙 uai-tshuì	妖怪 iau-kuài	拐騙 kuái-phiàn	肚胿仔 tōo-kuai-á	乖巧 kuai-khá

✍ 查閱教育部臺灣閩南語常用詞辭典

1. 寫出5個韻母是/ uai /的臺語漢字佮拼音

2. 寫出5個韻母是/ uai /的臺語語詞佮拼音

拼音練習 🎧

🖋練習寫出最後一字的拼音

1	私奇	淺拖	尾溜	芫荽	块埃
2	茶甌	烏貓	白柚	盤擱	咳嗽
3	消化	敗壞	批紙	手曲	樓梯
4	寶貝	關懷	袂穩	保鏢	布料
5	逍遙	目睭	風颱	花蕊	宵夜
6	雨幔	工課	禮貌	囂俳	寄批
7	狡怪	笑詼	駛車	心態	鰗鰡
8	西瓜	走標	見笑	破壞	狗蟻
9	肉包	厲害	摒掃	向腰	輕快
10	古錐	大腿	相招	朋友	發燒

解答：

1	私奇	淺拖	尾溜	芫荽	坱埃
	khia	thua	liu	sui	ia
2	茶甌	烏貓	白柚	盤撋	咳嗽
	au	niau	iū	nuá	sàu
3	消化	敗壞	批紙	手曲	樓梯
	huà	huāi	tsuá	khiau	thui
4	寶貝	關懷	袂稞	保鏢	布料
	puè	huâi	bái	pio	liāu
5	逍遙	目睭	風颱	花蕊	宵夜
	iâu	tsiu	thai	luí	iā
6	雨幔	工課	禮貌	囂俳	寄批
	mua	khuè	māu	pai	phue
7	狡怪	笑詼	駛車	心態	鰗鰡
	kuài	khue	tshia	thài	liu
8	西瓜	走標	見笑	破壞	狗蟻
	kue	pio	siàu	huāi	hiā
9	肉包	厲害	摒掃	向腰	輕快
	pau	hāi	sàu	io	khuài
10	古錐	大腿	相招	朋友	發燒
	tsui	thuí	tsio	iú	sio

第五講
韻母㈢：聲化韻母、鼻化元音韻母

聲化韻母

　　一般來說，聲母必須與主要元音結合才能被正確發音，但臺語有兩個聲母／m／、／ng／較爲特別，較特別的是可以當聲母、也可以當韻尾，同時也可以當韻母，／m／、／ng／當韻母時，不與其他元音結合。單獨發音時，可單獨成爲一個音節，亦可與其他聲母結合。／m／、／ng／稱之爲／聲化韻母／。

聲化韻母　字例與詞例 🎧

/ m /

🔊聆聽音檔並讀出下列字例

姆	毋	茅	莓
ḿ	m̄	hm̂	m̂

🔊聆聽音檔並讀出下列詞例

阿姆	毋甘	茅仔草	草莓
a-ḿ	m̄-kam	hm̂-á-tsháu	tsháu-m̂

/ ng / 🎧

👄聆聽音檔並讀出下列字例

黃	飯	門	卵	斷	湯	光	囥	妝	耍
n̂g	png	mn̂g	nn̄g	tn̄g	thng	kng	khǹg	tsng	sńg

👄聆聽音檔並讀出下列詞例

炒飯 tshá-pn̄g	雼鑽 nǹg-tsǹg	中央 tiong-ng	眠床 bîn-tshn̂g	凍霜 tàng-sng
頭毛 thâu-mn̂g	冰糖 ping-thn̂g	考卷 khó-kǹg	暗頓 àm-tǹg	花園 hue-hn̂g

✍查閱教育部臺灣閩南語常用詞辭典

1.寫出5個韻母是/ ng /的臺語漢字佮拼音

2.寫出5個韻母是/ ng /的臺語語詞佮拼音

拼音練習 🎧

✍️ 練習寫出後一字的拼音

1	中<u>央</u>	草<u>莓</u>	炒<u>飯</u>	暗<u>頓</u>	考<u>卷</u>	艚<u>鑽</u>
2	頭<u>毛</u>	花<u>園</u>	冰<u>糖</u>	凍<u>霜</u>	阿<u>姆</u>	眠<u>床</u>

解答：

1	中<u>央</u>	草<u>莓</u>	炒<u>飯</u>	暗<u>頓</u>	考<u>卷</u>	艚<u>鑽</u>
	ng	m̂	pn̄g	tǹg	kǹg	tsǹg
2	頭<u>毛</u>	花<u>園</u>	冰<u>糖</u>	凍<u>霜</u>	阿<u>姆</u>	眠<u>床</u>
	mn̂g	hn̂g	thn̂g	sng	ḿ	tshn̂g

鼻化元音韻母

　　單元音韻母和複元音韻母是空氣通過口腔傳遞而產生的聲音。鼻化元音韻母不同的是，在發音過程中，舌根擋住氣流，讓空氣從鼻腔通過，口腔保持打開的狀態，同時在口腔內形成共振所產生的聲音。鼻化記號應該隨著元音同時出現，例如，在國際音標中，鼻化元音韻母書寫爲 / ĩ /，但是臺語是有聲調的語言，元音上面已經有調號標註，因此，爲了書寫方便，故標註在韻尾處，以 / -nn / 表示。

　　鼻化元音韻母同樣可分爲鼻化單元音韻母和鼻化複元音韻母：

1. 鼻化單元音韻母

　　鼻化單元音韻母有四個，分別是：ann、inn、enn、onn。

　　須注意的是 /onn / 應唸爲 /oonn /，因爲 / o / 無法鼻化，爲了縮減音標長度，故將其縮短爲 /onn /。

ann	inn	enn	onn
ann	inn	enn	onn

2. 鼻化複元音韻母

　　ainn、iann、iunn、ionn、uann、uinn 以及 iaunn、uainn

ainn	iann	iunn	ionn	uann	uinn
ainn	iann	iunn	ionn	uann	uinn

iaunn	uainn
iaunn	uainn

鼻化元音韻母　字例與詞例 🎧

/ ann /

🎧聆聽音檔並讀出下列字例

餡 ānn	奅 phānn	今 tann	挺 thánn	監 kann
坩 khann	迒 hānn	乍 tsànn	鎗 tshānn	衫 sann

🎧聆聽音檔並讀出下列詞例

到今 kàu-tann	包餡 pau-ānn	披衫 phi-sann	花坩 hue-khann	好膽 hó-tánn
其他 kî-thann	發酵 huat-kànn	坐監 tsē-kann	重耽 tîng-tânn	點心擔 tiám-sim-tànn

🖐查閱教育部臺灣閩南語常用詞辭典

1. 寫出5個鼻化元音韻母是/ ann /的<u>臺語漢字</u>佮拼音

2. 寫出5個鼻化元音韻母是/ ann /的<u>臺語語詞</u>佮拼音

/ inn / 🎧

👄聆聽音檔並讀出下列字例

燕 inn	邊 pinn	篇 phinn	纏 tînn	絚 thînn	堅 kînn
拑 khînn	耳 hīnn	清 tshinn	扇 sìnn	晶 tsinn	舐 tsīnn

👄聆聽音檔並讀出下列詞例

好天 hó-thinn	飽滇 pá-tīnn	看見 khuànn-kìnn	流鼻 lâu-phīnn	鹹酸甜 kiâm-sng-tinn
㨂扁 teh-pínn	粉圓 hún-înn	火箭 hué-tsìnn	補絚 póo-thînn	實櫼 tsa̍t-tsinn

✍查閱教育部臺灣閩南語常用詞辭典

1. 寫出5個鼻化元音韻母是/ inn /的<u>臺語漢字</u>佮拼音

2. 寫出5個鼻化元音韻母是/ inn /的<u>臺語語詞</u>佮拼音

/ enn /

◎聆聽音檔並讀出下列字例

嬰 enn	繃 penn	伻 phenn	羹 kenn	捏 tēnn
牚 thènn	爭 tsenn	星 tshenn	青 tshenn	姓 sènn

◎聆聽音檔並讀出下列詞例

影星 iánn-tshenn	烏青 oo-tshenn	公平 kong-pênn	後生 hāu-senn	跤後蹬 kha-āu-tenn
相爭 sio-tsenn	天井 thinn-tsénn	看病 khuànn-pēnn	交繃 kau-penn	牽羹 khan-kenn

✍查閱教育部臺灣閩南語常用詞辭典

1.寫出5個鼻化元音韻母是/ enn /的臺語漢字佮拼音

2.寫出5個鼻化元音韻母是/ enn /的臺語語詞佮拼音

/ onn /

聆聽音檔並讀出下列字例

唔	嗚	惡	噁	鼾	齁	火	否	好	呼
onn	onn	ònn	ònn	kônn	honn	hónn	hónn	hònn	honn

聆聽音檔並讀出下列詞例

可惡	喑噁	好玄
khó-ònn	ìnn-ònn	hònn-hiân
嗚嗚叫	唔唔睏	齁齁叫
onn-onn-kiò	onn-onn-khùn	honn-honn-kiò

語音聽辨練習 🎧

🎧 辨別 / a / 和 / ann /

a	鉸 ka	跤 kha	捎 sa	焦 ta
ann	監 kann	坩 khann	衫 sann	擔 tann

🎧 辨別 / i / 和 / inn /

i	衣 i	悲 pi	披 phi	豬 ti	黐 thi	支 ki	芝 tsi	鰓 tshi
inn	嬰 inn	邊 pinn	篇 phinn	甜 tinn	天 thinn	鹼 kinn	精 tsinn	鮮 tshinn

🎧 辨別 / e / 和 / enn /

e	挨 e	扒 pe	批 phe	家 ke	溪 khe	嗲 te	災 tse	妻 tshe	西 se
enn	嬰 enn	繃 penn	伻 phenn	羹 kenn	坑 khenn	蹬 tenn	爭 tsenn	星 tshenn	生 senn

🎧 辨別 / o / 和 / onn /

oo	呼 hoo	戽 hòo	糊 kôo
onn	齁 honn	好 hònn	鼾 kônn

拼音練習 🎧

✍練習寫出後一字的拼音

1	花坩	後生	流鼻	好天	到今	影星
2	㾀扁	披衫	可惡	天井	飽滇	公平
3	烏青	包餡	好膽	鹹酸甜	跤後蹬	看見
4	坐監	發酵	火箭	其他	看病	暗毑
5	相爭	重耽	牽羹	點心擔	粉圓	補紩

解答：

1	花坩	後生	流鼻	好天	到今	影星
	ann	enn	inn	inn	ann	enn
2	㾀扁	披衫	可惡	天井	飽滇	公平
	inn	ann	onn	enn	inn	enn
3	烏青	包餡	好膽	鹹酸甜	跤後蹬	看見
	enn	ann	ann	inn	enn	inn
4	坐監	發酵	火箭	其他	看病	暗毑
	ann	ann	inn	kî-thann	enn	onn
5	相爭	重耽	牽羹	點心擔	粉圓	補紩
	enn	ann	enn	ann	inn	inn

/ ainn /

聆聽音檔並讀出下列字例

偝 āinn	歹 pháinn	刐 táinn	睚 kâinn
敁 kháinn	幌 hàinn	指 tsáinn	載 tsáinn

聆聽音檔並讀出下列詞例

主宰 tsú-tsáinn	尾指 bué-tsáinn	拍歹 phah-pháinn	幌頭 hàinn-thâu	偝巾 āinn-kin

查閱教育部臺灣閩南語常用詞辭典

1. 寫出5個鼻化元音韻母是/ ainn /的臺語漢字佮拼音

2. 寫出5個鼻化元音韻母是/ ainn /的臺語語詞佮拼音

/ iann / 🎧

👄聆聽音檔並讀出下列字例

贏 iânn	餅 piánn	骿 phiann	定 tiānn	聽 thiann
驚 kiann	兄 hiann	精 tsiann	請 tshiánn	聲 siann

👄聆聽音檔並讀出下列詞例

輸贏 su-iânn	奢颺 tshia-iānn	邀請 iau-tshiánn	拍拚 phah-piànn	月餅 gueh-piánn
梢聲 sau-siann	餐廳 tshan-thiann	親情 tshin-tsiânn	鹹汫 kiâm-tsiánn	目鏡 bak-kiànn

✍查閱教育部臺灣閩南語常用詞辭典

1. 寫出5個鼻化元音韻母是/ iann /的臺語漢字佮拼音

2. 寫出5個鼻化元音韻母是/ iann /的臺語語詞佮拼音

/ iunn /

⛄聆聽音檔並讀出下列字例

舀 iúnn	羊 iûnn	脹 tiùnn	薑 kiunn	腔 khiunn
香 hiunn	醬 tsiùnn	象 tshiūnn	牆 tshiûnn	箱 siunn

⛄聆聽音檔並讀出下列詞例

茈薑 tsínn-kiunn	面腔 bīn-tshiunn	糖廠 thôg-tshiúnn	鴛鴦 uan-iunn	冰箱 ping-siunn
飽脹 pá-tiùnn	校長 hāu-tiúnn	譬相 phì-siùnn	數想 siàu-siūnn	扒癢 pê-tsiūnn

✍查閱教育部臺灣閩南語常用詞辭典

1.寫出5個鼻化元音韻母是/ iunn /的臺語漢字佮拼音

2.寫出5個鼻化元音韻母是/ iunn /的臺語語詞佮拼音

/ ionn /

　　臺灣閩南語常用詞辭典沒有收錄 / ionn / 這個音，ionn 跟 iunn
是因為漳泉腔的分別，漳州腔是 iunn、泉州腔則是 ionn。

聆聽音檔並讀出下列字例

羊 iônn	場 tiônn	脹 tiònn	薑 kionn	腔 khionn
香 hionn	癢 tsiōnn	醬 tsiònn	牆 tshiônn	賞 siónn

聆聽音檔並讀出下列詞例

飽脹 pá-tiònn	現場 hiān-tiônn	看樣 khuànn-iōnn	豆醬 tāu-tsiònn	燒香 sio-hionn
芘薑 tsínn-kionn	鴛鴦 uan-ionn	蟄蜍 tsionn-tsî	扒癢 pê-tsiōnn	和尚 huê-siōnn

/ uann /

⊖聆聽音檔並讀出下列字例

碗 uánn	晏 uànn	搬 puann	伴 phuānn	彈 tuânn	淡 thuànn
棺 kuānn	看 khuànn	扦 huānn	怎 tsuánn	門 tshuànn	山 suann

⊖聆聽音檔並讀出下列詞例

被單 phuē-tuann	手腕 tshiú-uánn	按怎 án-tsuánn	心肝 sim-kuann	溫泉 un-tsuânn
存款 tsûn khuánn	門閂 mn̂g-tshuànn	生淡 senn-thuànn	雨傘 hōo-suànn	好看 hó-khuànn

✍查閱教育部臺灣閩南語常用詞辭典

1.寫出5個鼻化元音韻母是/ uann /的臺語<u>漢字</u>佮拼音

2.寫出5個鼻化元音韻母是/ uann /的臺語<u>語詞</u>佮拼音

/ uinn /

◯聆聽音檔並讀出下列字例

快
khuìnn

◯聆聽音檔並讀出下列詞例

快活
khuìnn-uàh

/ iaunn /

◯聆聽音檔並讀出下列字例

喓
iaunn

/ uainn /

😊聆聽音檔並讀出下列字例

踅 uáinn	杆 kuainn	關 kuainn	桿 kuáinn	稈 kuáinn
拐 kuāinn	橫 huâinn	莖 huâinn	跩 tsuāinn	檨 suāinn

😊聆聽音檔並讀出下列詞例

關門 kuainn-mĝ	芋莖 ōo-huâinn	踅著 uáinn-tio̍h	跩著 tsuāinn--tio̍h
芋稈 ōo-kuáinn	椅仔杆 í-á kuainn	坦橫 thán-huâinn	檨仔 suāinn-á

拼音練習 🎧

🎙聆聽音檔，寫出後一字的聲母與韻母，並加上聲調。

1	校長	拍拚	心肝	親情	目鏡
2	輸贏	數想	手腕	冰箱	月餅
3	梢聲	餐廳	門閂	生淡	雨傘
4	面腔	鴛鴦	奢颺	尾指	芷薑
5	椅仔杆	按怎	扒癢	糖廠	飽脹
6	拍歹	坦橫	邀請	譬相	鹹洪
7	溫泉	被單	存款	主宰	芋莖

解答：

1	校長	拍拚	心肝	親情	目鏡
	tiúnn	piànn	kuann	tsiânn	kiànn
2	輸贏	數想	手腕	冰箱	月餅
	iânn	siūnn	uánn	siunn	piánn
3	梢聲	餐廳	門閂	生淡	雨傘
	siann	thiann	tshuànn	thuànn	suànn

4	面腔	鴛鴦	奢颺	尾指	芷薑
	tshiunn	iunn	iānn	tsáinn	kiunn
5	椅仔杆	按怎	扒癢	糖廠	飽脹
	kuainn	tsuánn	tsiūnn	tshiúnn	tiùnn
6	拍歹	坦橫	邀請	譬相	鹹洘
	pháinn	huâinn	tshiánn	siùnn	tsiánn
7	溫泉	被單	存款	主宰	芋莖
	tsuânn	tuann	khuánn	tsáinn	huâinn

第六講
鼻音韻尾、入聲韻尾

鼻音韻尾

　　鼻音韻尾是指在音節結尾處的鼻音，是可以被視為語音中最小的可區分單位，並且可以表示不同的意義。如：〔tsá〕、〔tsám〕兩個音，〔tsá〕沒有鼻音韻尾 / m /，語義是 / 早 /，〔tsám〕帶有鼻音韻尾，語意是「斬」，有無鼻音韻尾，詞義完全不同。

　　鼻音韻尾跟鼻化元音韻母不同，差別在於鼻音韻尾是出現在韻尾處；鼻化元音韻母則是在元音本身的發音過程中包含鼻音的特點。

　　臺語的鼻音韻尾分別是雙唇韻尾 / m /、舌尖鼻音韻尾 / n / 以及舌根鼻音韻尾 / ng / 三個。三種鼻音韻尾與其他元音的組合分別是：

雙唇鼻音韻尾 m：am、im、om、iam
舌尖鼻音韻尾 n：an、in、un、ian、uan
舌根鼻音韻尾 ng：ang、ing、ong、iong、iang、uang

am	im	om	iam	
am	im	om	iam	

an	in	un	ian	uan
an	in	un	ian	uan

ang	ing	ong	iong	iang	uang
ang	ing	ong	iong	iang	uang

鼻音韻尾　字例與詞例

/ am / 🎧

👄聆聽音檔並讀出下列字例

暗 àm	膽 tám	貪 tham	攬 lám	柑 kam	崁 khàm
儑 gām	譀 hàm	斬 tsám	慘 tshám	杉 sam	三 sam

👄聆聽音檔並讀出下列詞例

遺憾 uî-hām	喙罨 tshuì-am	毋甘 m-kam	胸坎 hing-khám	透濫 thàu-lām
啖糝 tām-sám	車站 tshia-tsām	試探 tshì-thàm	悽慘 tshi-tshám	分擔 hun-tam

🖊查閱教育部臺灣閩南語常用詞辭典

1.寫出5個鼻音韻尾是/ am /的臺語漢字佮拼音

2.寫出5個鼻音韻尾是/ am /的臺語語詞佮拼音

/ im / 🎧

🫦聆聽音檔並讀出下列字例

音	燖	鴆	啉	金	琴
im	tīm	thim	lim	kim	khîm
錦	熊	浸	深	心	撏
gím	hîm	tsìm	tshim	sim	jîm

🫦聆聽音檔並讀出下列詞例

紅蟳	鋼琴	現金	阿嬸	無尾熊
âng-tsîm	kǹg-khîm	hiān-kim	a-tsím	bô-bué-hîm
聲音	責任	偏心	阿妗	冰淇淋
siann-im	tsik-jīm	phian-sim	a-kīm	ping-kî-lîm

✍查閱教育部臺灣閩南語常用詞辭典

1.寫出5個鼻音韻尾是/ im /的臺語漢字佮拼音

2.寫出5個鼻音韻尾是/ im /的臺語語詞佮拼音

/ om /

😛聆聽音檔並讀出下列字例

掩	茂	丼	參
om	ōm	tôm	som

😛聆聽音檔並讀出下列詞例

掩起來	真茂	貴參參
om--khí-lâi	tsin ōm	kuì-som-som

/ iam /

聆聽音檔並讀出下列字例

鹽	店	添	鹹	儉	驗	嫌
iâm	tiàm	thiam	kiâm	khiām	giām	hiâm
點	添	連	漸	籤	閃	染
tiám	thiám	liâm	tsiām	tshiam	siám	jiám

聆聽音檔並讀出下列詞例

加添	肉砧	發炎	過謙	危險
ka-thiam	bah-tiam	huat-iām	kòo-khiam	guî-hiám
感染	飯店	加減	翻點	思念
kám-jiám	png-tiàm	ke-kiám	huan-tiám	su-liām

查閱教育部臺灣閩南語常用詞辭典

1. 寫出5個鼻音韻尾是/ iam /的臺語漢字佮拼音

2. 寫出5個鼻音韻尾是/ iam /的臺語語詞佮拼音

拼音練習 🎧

✍️練習寫出後一字的拼音

1	紅蟳	過謙	貴參參	阿嬸	遺憾
2	肉砧	現金	危險	加添	真茂
3	透濫	胸坎	發炎	毋甘	無尾熊

解答：

1	紅蟳	過謙	貴參參	阿嬸	遺憾
	tsîm	khiam	som	tsím	hām
2	肉砧	現金	危險	加添	真茂
	tiam	kim	hiám	thiam	ōm
3	透濫	胸坎	發炎	毋甘	無尾熊
	lām	khám	iām	kam	hîm

/ an / 🎧

👄聆聽音檔並讀出下列字例

安 an	班 pan	攀 phan	挽 bán	矸 kan	丹 tan
限 hān	牽 khan	眼 gán	毯 thán	蘭 lân	山 san

👄聆聽音檔並讀出下列詞例

平安 pîng-an	花矸 hue-kan	蔫蟺 hiauh-than	簡單 kán-tan	皮蛋 phî-tàn
零星 lân-san	頂顢 hân-bān	燦爛 tshàn-lān	困難 khùn-lân	幫贊 pang-tsān

✍查閱教育部臺灣閩南語常用詞辭典

1. 寫出5個鼻音韻尾是/ an /的臺語<u>漢字</u>佮拼音

2. 寫出5個鼻音韻尾是/ an /的臺語<u>語詞</u>佮拼音

/ in /

◉聆聽音檔並讀出下列字例

佃 in	品 phín	民 bîn	認 jīn	銀 gîn
身 sin	陣 tīn	恁 lín	巾 kin	輕 khin

◉聆聽音檔並讀出下列詞例

影印 iánn-ìn	卵仁 nn̄g-jîn	面巾 bīn-kin	容允 iông-ín	烏暗眩 oo-àm-hîn
商品 siong-phín	認真 jīn-tsin	改進 kái-tsìn	胡蠅 hôo-sîn	門診 mn̂g-tsín

✍查閱教育部臺灣閩南語常用詞辭典

1.寫出5個鼻音韻尾是/ in /的臺語<u>漢字佮拼音</u>

2.寫出5個鼻音韻尾是/ in /的臺語<u>語詞佮拼音</u>

/ un / 🎧

☺聆聽音檔並讀出下列字例

穩 ún	歕 pûn	噴 phùn	文 bûn	脣 tûn	吞 thun	輪 lûn
裙 kûn	睏 khùn	粉 hún	船 tsûn	賰 tshun	筍 sún	閏 jūn

☺聆聽音檔並讀出下列詞例

竹筍 tik-sún	課本 khò-pún	幸運 hīng-ūn	魚塭 hî-ùn	山崙 suann-lūn
頷頸 ām-kún	新聞 sin-bûn	感恩 kám-un	喙脣 tshuì-tûn	時陣 sî-tsūn

✍查閱教育部臺灣閩南語常用詞辭典

1.寫出5個鼻音韻尾是/ un /的臺語漢字佮拼音

2.寫出5個鼻音韻尾是/ un /的臺語語詞佮拼音

/ ian / 🔊

👄 聆聽音檔並讀出下列字例

演 ián	鞭 pian	騙 phiàn	免 bián	展 tián	天 thian
堅 kian	掔 khian	言 giân	掀 hian	煎 tsian	仙 sian

👄 聆聽音檔並讀出下列詞例

欣羨 him-siān	普遍 phóo-phiàn	可憐 khó-liân	方便 hong-piān	蚵仔煎 ô-á-tsian
目前 bȯk-tsiân	字典 jī-tián	改變 kái-piàn	生鉎 senn-sian	表現 piáu-hiān

補充說明：

　　/ ian / 這個音在臺灣有些地方的讀法介音 / i / 已消失，舌位也稍微高一點，讀音接近 / en / 或 / ien / 的音。

🔖 查閱教育部臺灣閩南語常用詞辭典

1.寫出5個鼻音韻尾是/ ian /的臺語漢字佮拼音

2.寫出5個鼻音韻尾是/ ian /的臺語語詞佮拼音

/ uan /

聆聽音檔並讀出下列字例

冤 uan	潘 phuan	捐 kuan	寬 khuan	翻 huan
亂 luān	願 guān	專 tsuan	川 tshuan	宣 suan

聆聽音檔並讀出下列詞例

專員 tsuan-uân	身懸 sin-kuân	習慣 sip-kuàn	河川 hô-tshuan	交關 kau-kuan
擾亂 jián-luān	圓滿 uân-buán	客觀 kheh-kuan	下願 hē-guān	宣傳 suan-thuân

查閱教育部臺灣閩南語常用詞辭典

1.寫出5個鼻音韻尾是/ uan /的臺語漢字佮拼音

2.寫出5個鼻音韻尾是/ uan /的臺語語詞佮拼音

拼音練習 🎧

練習寫出後一字的拼音

1	山崙	普遍	課本	簡單	烏暗眩
2	魚塭	交關	蔌蟶	擾亂	欣羨
3	平安	竹筍	面巾	皮蛋	蚵仔煎
4	影印	卵仁	幸運	花矸	可憐

解答：

1	山崙	普遍	課本	簡單	烏暗眩
	lūn	phiàn	pún	tan	hîn
2	魚塭	交關	蔌蟶	擾亂	欣羨
	ùn	kuan	than	luān	siān
3	平安	竹筍	面巾	皮蛋	蚵仔煎
	an	sún	kin	tàn	tsian
4	影印	卵仁	幸運	花矸	可憐
	ìn	jîn	ūn	kan	liân

/ ang / 🎧

👄聆聽音檔並讀出下列字例

翁 ang	枋 pang	芳 phang	夢 bāng	東 tang	窗 thang
人 lâng	港 káng	空 khang	粽 tsàng	蔥 tshang	鬆 sang

👄聆聽音檔並讀出下列詞例

鼻芳 phīnn-phang	海翁 hái-ang	烏枋 oo-pang	漁港 hî-káng	演講 ián-káng
歹紡 pháinn-pháng	肉粽 bah-tsàng	堅凍 kian-tàng	布篷 pòo-phâng	花欉 hue-tsâng

✍查閱教育部臺灣閩南語常用詞辭典

1.寫出5個鼻音韻尾是/ ang /的臺語漢字佮拼音

2.寫出5個鼻音韻尾是/ ang /的臺語語詞佮拼音

/ ing / 🎧

👄聆聽音檔並讀出下列字例

英 ing	冰 ping	拼 phing	猛 bíng	燈 ting	停 thîng	冷 líng
間 king	輕 khing	迎 gîng	還 hîng	鐘 tsing	清 tshing	生 sing

👄聆聽音檔並讀出下列詞例

衫仔弓 sann-á-king	海湧 hái-íng	風景 hong-kíng	牛奶 gû-ling	電鈴 tiān-lîng
卵清 nñg-tshing	確定 khak-tīng	歡迎 huan-gîng	答應 tah-ìng	家庭 ka-tîng

✍查閱教育部臺灣閩南語常用詞辭典

1.寫出5個鼻音韻尾是/ ing /的臺語漢字佮拼音

2.寫出5個鼻音韻尾是/ ing /的臺語語詞佮拼音

/ ong / 🎧

👄聆聽音檔並讀出下列字例

王 ông	膨 phòng	摸 bong	唐 tông	攏 lóng
公 kong	悾 khong	風 hong	宗 tsong	聰 tshong

👄聆聽音檔並讀出下列詞例

模仿 bôo-hóng	冷凍 líng-tòng	難忘 lân-bōng	蓬鬆 phōng-song	批囊 phue-lông
新郎 sin-lông	兇狂 hiong-kông	成功 sîng-kong	阿公 a-kong	開放 khai-hòng

✍查閱教育部臺灣閩南語常用詞辭典

1. 寫出5個鼻音韻尾是/ ong /的臺語漢字佮拼音

2. 寫出5個鼻音韻尾是/ ong /的臺語語詞佮拼音

/ iong / 🎧

👄聆聽音檔並讀出下列字例

用	中	兩	腔	仰
iōng	tiong	lióng	khiong	gióng
向	獎	衝	絨	傷
hiòng	tsióng	tshiong	jiông	siong

👄聆聽音檔並讀出下列詞例

音響	互相	堅強	修養	補充
im-hióng	hōo-siong	kian-kiông	siu-ióng	póo-tshiong
車輛	冗剩	信仰	文章	分享
tshia-lióng	liōng-siōng	sìn-gióng	bûn-tsiong	hun-hióng

✍查閱教育部臺灣閩南語常用詞辭典

1. 寫出5個鼻音韻尾是/ iong /的臺語漢字佮拼音

2. 寫出5個鼻音韻尾是/ iong /的臺語語詞佮拼音

/ iang /

⏾聆聽音檔並讀出下列字例

央 iang	迸 piàng	龐 phiāng	喨 liang	勍 khiang	鈃 giang
響 hiáng	掌 tsiáng	腸 tshiâng	蹌 tshiáng	雙 siang	嚷 jiáng

⏾聆聽音檔並讀出下列詞例

相嚷 sio-jiáng	相誶 sio-siāng	大龐 tuā-phiāng	拍抐涼 phah-lā-liâng	硬迸迸 ngē-piàng- piàng
水沖 tsuí-tshiâng	煙腸 ian-tshiâng	臭煬 tshàu-iāng	響亮 hiáng-liāng	起毛煬 khí-moo giang

✍查閱教育部臺灣閩南語常用詞辭典

1.寫出5個鼻音韻尾是/ iang /的臺語漢字佮拼音

2.寫出5個鼻音韻尾是/ iang /的臺語語詞佮拼音

/ uang /

◎聆聽音檔並讀出下列字例

懽 uang	闖 tshuàng

◎聆聽音檔並讀出下列詞例

規懽規黨 kui uang kui tóng （同流合汙、狐群狗黨）	懽規黨 uang kui tóng （成群結黨）

拼音練習 🎧

✍練習寫出後一字的拼音

1	烏枋	修養	風景	衫仔弓	冷凍
2	大龐	補充	蓬鬆	相嚷	互相
3	批囊	海湧	牛奶	相招	演講
4	海翁	鼻芳	硬迸迸	難忘	音響
5	拍抐涼	電鈴	堅強	漁港	模仿

解答：

1	烏枋	修養	風景	衫仔弓	冷凍
	pang	ióng	kíng	king	tòng
2	大龐	補充	蓬鬆	相嚷	互相
	phiāng	tshiong	song	jiáng	siong
3	批囊	海湧	牛奶	相招	演講
	lông	íng	ling	siāng	káng
4	海翁	鼻芳	硬迸迸	難忘	音響
	ang	phang	piàng	bōng	hióng
5	拍抐涼	電鈴	堅強	漁港	模仿
	liâng	lîng	kiông	káng	hóng

✎ 綜合練習：寫出後一字的拼音 🎧

1	門診	偏心	感恩	感染	下願	啖糝
2	悽慘	阿妗	翻點	加減	聲音	車輛
3	信仰	阿公	頷頸	試探	花欉	歹紡
4	燦爛	分享	確定	響亮	思念	幫贊
5	冗剩	歡迎	新郎	家庭	文章	零星
6	兇狂	臭煬	卵清	目前	時陣	字典
7	飯店	圓滿	開放	改進	水沖	冰淇淋
8	肉粽	生鉎	頂顛	車站	新聞	胡蠅
9	改變	喙脣	煙腸	商品	困難	表現
10	起毛䖳	堅凍	答應	布篷	責任	認真

解答：

1	門診	偏心	感恩	感染	下願	啖糝
	tsín	sim	un	jiám	guān	sám
2	悽慘	阿妗	翻點	加減	聲音	車輛
	tshám	kīm	tiám	kiám	im	lióng
3	信仰	阿公	頷頸	試探	花欉	歹紡
	gióng	kong	kún	thàm	tsâng	phán
4	燦爛	分享	確定	響亮	思念	幫贊
	lān	hióng	tīng	liāng	liām	tsān
5	冗剩	歡迎	新郎	家庭	文章	零星
	siōng	gîng	lông	tîng	tsiong	san
6	兇狂	臭煬	卵清	目前	時陣	字典
	kông	iāng	tshing	tsiân	tsūn	tián
7	飯店	圓滿	開放	改進	水沖	冰淇淋
	tiàm	buān	hòng	tsìn	tshiâng	lîm
8	肉粽	生鉎	頂顛	車站	新聞	胡蠅
	tsàng	sian	bān	tsām	bûn	sîn
9	改變	喙脣	煙腸	商品	困難	表現
	phàng	tûn	tshiâng	phín	lân	hiān
10	起毛暢	堅凍	答應	布篷	責任	認真
	giang	tàng	ìng	phâng	jīm	tsin

入聲韻尾

　　臺語的聲調系統中,有兩個特別的聲調被歸爲「入聲」,分別是第 4 聲和第 8 聲。入聲的特點是發音時聲音短促急收,作爲韻母的韻尾,分爲雙脣塞音韻尾 / -p /、舌尖塞音韻尾 / -t /、舌根塞音韻尾 / -k / 和喉塞音韻尾 / -h / 四種,以下分別說明。

雙脣塞音韻尾 / -p /:發音過程中,聲音通過口腔時,雙脣完全閉合,阻止氣流的通過,聲音因此停住。	
舌尖塞音韻尾 / -t /:發音過程中,聲音通過口腔時,舌尖放在上門牙和牙齦的交界處,阻止氣流的通過,聲音因此停住。	
舌根塞音韻尾 / -k /:發音過程中,聲音通過喉嚨時、舌根向上抵住軟顎阻擋氣流,聲音就停在舌根處。	
喉塞音韻尾 / -h /:發音時聲音通過喉嚨時聲門閉合,聲音因此中斷。	

　　入聲是學習臺語拼音時較不易辨別的部分，需要了解其發音並多加練習。

○聆聽音檔並讀出下列韻尾 🎧

	雙脣塞音韻尾	舌尖塞音韻尾	舌根塞音韻尾	喉塞音韻尾
	〔 -p 〕	〔 -t 〕	〔 -k 〕	〔 -h 〕
a	ap	at	ak	ah
ai				aih
au				auh
e				eh
i	ip	it	ik	ih
ia	iap	iat	iak	iah
iau				iauh
io			iok	ioh
iu				iuh
m				mh
o				oh
oo	op		ok	ooh
u		ut		uh
ua		uat		uah
uai				
ue				ueh
ui				

入聲韻尾　字例與詞例

/ ap /

聆聽音檔並讀出下列字例

盒 a̍p	答 tap	塌 thap	蠟 la̍p	佮 kap
磕 kha̍p	闔 ha̍p	紮 tsap	涺 tsha̍p	霎 sap

聆聽音檔並讀出下列詞例

電壓 tiān-ap	沙屑 sua-sap	回答 huê-tap	垃圾 lah-sap	交插 kau-tshap	複雜 ho̍k-tsa̍p
敆逝 kap-tsuā	相佮 sann-kap	塌跤 thap-kha	納稅 la̍p-suè	十全 tsa̍p-tsn̂g	合約 ha̍p-iok

查閱教育部臺灣閩南語常用詞辭典

1. 寫出5個入聲韻尾是/ ap /的臺語漢字佮拼音

2. 寫出5個入聲韻尾是/ ap /的臺語語詞佮拼音

/ ip / 🎧

😊聆聽音檔並讀出下列字例

邑 ip	級 kip	吸 khip	翕 hip	立 lip
集 tsip	絹 tship	十 sip	溼 sip	入 jip

😊聆聽音檔並讀出下列詞例

收入 siu-jip	風溼 hong-sip	緊急 kín-kip	班級 pan-kip	固執 kòo-tsip
公立 kong-lip	收集 siu-tsip	編輯 pian-tsip	抾拾 khioh-sip	練習 liān-sip

✍查閱教育部臺灣閩南語常用詞辭典

1.寫出5個入聲韻尾是/ ip /的臺語漢字佮拼音

2.寫出5個入聲韻尾是/ ip /的臺語語詞佮拼音

/ op / 🎧

😊聆聽音檔並讀出下列字例

囊 lop

/ iap /

😊聆聽音檔並讀出下列字例

揜 iap	帖 thiap	劫 kiap	脅 hiàp	粒 liàp
業 giàp	蝶 tiàp	汁 tsiap	澀 siap	廿 jiàp

😊聆聽音檔並讀出下列詞例

蝴蝶 ôo-tiàp	牽涉 khan-siàp	喜帖 hí-thiap	接接 tsih-tsiap	搶劫 tshiúnn-kiap
海峽 hái-kiap	威脅 ui-hiàp	果汁 kó-tsiap	偷揜 thau-iap	畢業 pit-giàp

✍查閱教育部臺灣閩南語常用詞辭典

1. 寫出5個入聲韻尾是/ iap /的臺語漢字佮拼音

2. 寫出5個入聲韻尾是/ iap /的臺語語詞佮拼音

拼音練習 🎧

♨練習寫出後一字的拼音

1	電壓	緊急	交插	接接	牽涉
2	垃圾	班級	喜帖	加入	複雜
3	固執	搶劫	沙屑	蝴蝶	收入

解答：

1	電壓	緊急	交插	接接	牽涉
	ap	kip	tshap	tsiap	siap
2	垃圾	班級	喜帖	加入	複雜
	sap	kip	thiap	jip	tsap
3	固執	搶劫	沙屑	蝴蝶	風溼
	tsip	kiap	sap	tiap	sip

/ at /

👄聆聽音檔並讀出下列字例

遏 at	八 pat	捌 bat	踢 that	力 lát	結 kat
抔 khat	節 tsat	漆 tshat	值 tát	窒 that	蝨 sat

👄聆聽音檔並讀出下列詞例

認捌 jīn-bat	拍結 phah-kat	觀察 kuan-tshat	蹧躂 tsau-that	三八 sam-pat
落漆 lak-tshat	站節 tsām-tsat	塗墼 thoo-kat	氣力 khuì-lát	表達 piáu-tát

🖐查閱教育部臺灣閩南語常用詞辭典

1.寫出5個入聲韻尾是/ at /的臺語漢字佮拼音

2.寫出5個入聲韻尾是/ at /的臺語語詞佮拼音

/ it / 🎧

👄聆聽音檔並讀出下列字例

一 it	筆 pit	蜜 bit	直 tit	彼 hit
質 tsit	這 tsit	七 tshit	實 sit	日 jit

👄聆聽音檔並讀出下列詞例

祕密 pì-bit	辭職 sî-tsit	戇直 gōng-tit	雞翼 ke-sit	甜蜜 tinn-bit
好日 hó-jit	鉛筆 iân-pit	扁食 pián-sit	品質 phín-tsit	消息 siau-sit

✍查閱教育部臺灣閩南語常用詞辭典

1.寫出5個入聲韻尾是/ it /的臺語漢字佮拼音

2.寫出5個入聲韻尾是/ it /的臺語語詞佮拼音

/ ut / 🎧

👄聆聽音檔並讀出下列字例

熨	佛	怫	物	黜
ut	pùt	phut	bùt	thut
律	突	囫	骨	捽
lùt	tùt	hut	kut	sut

👄聆聽音檔並讀出下列詞例

植物	跤骨	描述	法律	氣怫怫
sit-bùt	kha-kut	biâu-sùt	huat-lùt	khì-phut-phut
效率	衝突	委屈	疏忽	甜粅粅
hāu-lùt	tshiong-tùt	uí-khut	soo-hut	tinn-but-but

✍查閱教育部臺灣閩南語常用詞辭典

1.寫出5個入聲韻尾是/ ut /的臺語漢字佮拼音

2.寫出5個入聲韻尾是/ ut /的臺語語詞佮拼音

/ iat /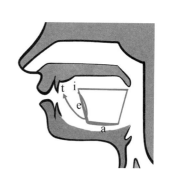

　　/ iat / 是 / at / 加上介音 / i /，發音時 / i
/、/ a / 舌位都偏前，嘴型從 / i / 到 / a /，發
複母音時很順暢沒有問題，但加上入聲韻尾
/ -t /，舌位由 / i / → / a / → / t /，聲音需要
快速收束。因此，實際發音時 / a / 舌頭並沒
有完全到 / a / 的音位，舌尖就向上提阻塞氣
流發音，因此，聽起來的語音會較接近 / iet
/，有的地方甚至會唸得更接近 / et /。

聆聽音檔並讀出下列字例

撖 iåt	撇 phiat	滅 biåt	撤 thiat	撅 kiat
坷 khiåt	鐵 thiat	孽 giåt	掣 tshiat	熱 jiåt

聆聽音檔並讀出下列詞例

鬧熱 lāu-jiåt	心血 sim-hiat	消滅 siau-biåt	交結 kau-kiat	分別 hun-piåt
建設 kiàn-siat	拍折 phah-tsiat	作孽 tsok-giåt	清潔 tshing-kiat	飄撇 phiau-phiat

✍查閱教育部臺灣閩南語常用詞辭典

1.寫出5個入聲韻尾是/ iat /的臺語漢字佮拼音

2.寫出5個入聲韻尾是/ iat /的臺語語詞佮拼音

/ uat /

⊖聆聽音檔並讀出下列字例

脫	撥	斡	決	月	潑
thuat	puat	uat	kuat	guat	phuat
奪	法	闕	沏	雪	襪
tuat	huat	khuat	tsuat	suat	buat

⊖聆聽音檔並讀出下列詞例

印刷	活潑	爭奪	拒絕	演說
ìn-suat	huat-phuat	tsing-tuat	kī-tsuat	ián-suat
祕訣	處罰	合法	歲月	堅決
pì-kuat	tshú-huat	háp-huat	suè-guat	kian-kuat

☼查閱教育部臺灣閩南語常用詞辭典

1.寫出5個入聲韻尾是/ uat /的臺語漢字佮拼音

2.寫出5個入聲韻尾是/ uat /的臺語語詞佮拼音

拼音練習 🎧

✍ 練習寫出後一字的拼音

1	演說	雞翼	觀察	跤骨	鬧熱
2	活潑	認捌	交結	祕密	植物
3	氣怫怫	爭奪	蹛蹔	戇直	分別
4	心血	描述	辭職	印刷	拍結
5	消滅	甜蜜	法律	拒絕	塗墼

解答：

1	演說	雞翼	觀察	跤骨	鬧熱
	suat	sit	tshat	kut	jiàt
2	活潑	認捌	交結	祕密	植物
	phuat	bat	kiat	bit	bùt
3	氣怫怫	爭奪	蹛蹔	戇直	分別
	phut	tuàt	that	tit	piàt
4	心血	描述	辭職	印刷	拍結
	hiat	sùt	tsit	suat	kat
5	消滅	甜蜜	法律	拒絕	塗墼
	biàt	bit	lùt	tsuàt	kat

/ ak /

聆聽音檔並讀出下列字例

沃 ak	北 pak	曝 phak	目 bak	獨 tak	讀 thak
六 lak	覺 kak	殼 khak	學 hak	嗾 tsak	揀 sak

聆聽音檔並讀出下列詞例

音樂 im-gak	正確 tsìng-khak	孤獨 koo-tak	感覺 kám-kak	齷齪 ak-tsak
推揀 the-sak	拜六 pài-lak	卵殼 nn̄g-khak	開學 khai-hak	坦覆 thán-phak

查閱教育部臺灣閩南語常用詞辭典

1. 寫出5個入聲韻尾是/ ak /的臺語漢字佮拼音

2. 寫出5個入聲韻尾是/ ak /的臺語語詞佮拼音

/ ik /

聆聽音檔並讀出下列字例

溢 ik	迫 pik	魄 phik	竹 tik	革 kik
刻 khik	玉 gik	叔 tsik	測 tshik	室 sik

聆聽音檔並讀出下列詞例

歌曲 kua-khik	成績 sîng-tsik	智識 tì-sik	交易 kau-ik	拍拍 phah-phik
壓力 ap-lik	感激 kám-kik	心適 sim-sik	推測 thui-tshik	道德 tō-tik

查閱教育部臺灣閩南語常用詞辭典

1.寫出5個入聲韻尾是/ ik /的臺語漢字佮拼音

2.寫出5個入聲韻尾是/ ik /的臺語語詞佮拼音

/ ok /

聆聽音檔並讀出下列字例

惡 ok	暴 pok	啄 tok	戳 thok	漉 lok
國 kok	福 hok	族 tsȯk	寞 bȯk	束 sok

聆聽音檔並讀出下列詞例

約束 iok-sok	寂寞 tsik-bȯk	幸福 hīng-hok	外國 guā-kok	長頷鹿 tn̂g-ām-lȯk
動作 tōng-tsok	快樂 khuài-lȯk	家族 ka-tsȯk	齒戳 khí-thok	澹漉漉 tâm-lok-lok

查閱教育部臺灣閩南語常用詞辭典

1.寫出5個入聲韻尾是/ ok /的臺語漢字佮拼音

2.寫出5個入聲韻尾是/ ok /的臺語語詞佮拼音

/ iak /

⊖聆聽音檔並讀出下列字例

擗	煏	摔	擢	嚓	礭	鑠
phiàk	piak	siak	tiàk	tshiàk	khiàk	siak

⊖聆聽音檔並讀出下列詞例

嚓嚓趒	擢算盤	白鑠鑠	惡礭礭
tshiàk-tshiàk-tiô	tiàk sǹg-puânn	pèh-siak-siak	ok-khiàk-khiàk
摔倒	煏空	鳥擗仔	金鑠鑠
siak--tó	piak-khang	tsiáu-phiàk-á	kim-siak-siak

✍查閱教育部臺灣閩南語常用詞辭典

1.寫出5個入聲韻尾是/ iak /的臺語語詞佮拼音

/ iok /

👄聆聽音檔並讀出下列字例

約 iok	竹 tiok	六 liȯk	菊 kiok	曲 khiok
玉 giȯk	足 tsiok	雀 tshiok	俗 siȯk	逐 jiok

👄聆聽音檔並讀出下列詞例

合約 hȧp-iok	知足 ti-tsiok	教育 kàu-iȯk	繼續 kè-siȯk	孔雀 khóng-tshiok
斟酌 tsim-tsiok	嚴肅 giâm-siok	接觸 tsiap-tshiok	郵局 iû-kiȯk	走相逐 tsáu-sio-jiok

✍查閱教育部臺灣閩南語常用詞辭典

1.寫出5個入聲韻尾是/ iok /的臺語漢字佮拼音

2.寫出5個入聲韻尾是/ iok /的臺語語詞佮拼音

拼音練習 🎧

✍ 練習寫出後一字的拼音

1	成績	幸福	音樂	惡確確	合約
2	知足	孤獨	外國	長頷鹿	寂寞
3	正確	教育	智識	白鑠鑠	歌曲
4	交易	約束	感覺	孔雀	繼續

解答：

1	成績	幸福	音樂	惡確確	合約
	tsik	hok	gȧk	khiȧk	iok
2	知足	孤獨	外國	長頷鹿	寂寞
	tsiok	tȧk	kok	lȯk	bȯk
3	正確	教育	智識	白鑠鑠	歌曲
	khak	iȯk	sik	siak	khik
4	交易	約束	感覺	孔雀	繼續
	ik	sok	kak	tshiok	siȯk

/ ah /

聆聽音檔並讀出下列字例

矣 ah	爸 pah	拍 phah	肉 bah	貼 tah	疊 thảh
爁 nah	蠟 làh	較 kah	較 khah	哈 hah	紮 tsah

聆聽音檔並讀出下列詞例

水鴨 tsuí-ah	炕肉 khòng-bah	竹箬 tik-hảh	指甲 tsíng-kah	行踏 kiânn-tảh
喇叭 lá-pah	拍獵 phah-làh	肩胛 king-kah	穿插 tshīng-tshah	擎紮 pih-tsah

查閱教育部臺灣閩南語常用詞辭典

1.寫出5個韻尾是/ ah /結尾的臺語漢字佮拼音

2.寫出5個韻尾是/ ah /結尾的臺語語詞佮拼音

/ ih /

⊖聆聽音檔並讀出下列字例

擎	物	滴	鐵	矒	裂	缺	舌	挿	爍
pih	mih	tih	thih	nih	lih	khih	tsih	tshih	sih

⊖聆聽音檔並讀出下列詞例

啥物	喙舌	各祕	毋挃	紅膏赤蠘
siánn-mih	tshuì-tsih	kok-pih	m̄-tih	âng-ko-tshiah-tshih
沓滴	閃爍	高鐵	裂開	掠龜走鱉
tàp-tih	siám-sih	ko-thih	lih--khui	liàh-ku-tsáu-pih

✍查閱教育部臺灣閩南語常用詞辭典

1. 寫出5個韻尾是/ ih /結尾的臺語漢字佮拼音

2. 寫出5個韻尾是/ ih /結尾的臺語語詞佮拼音

/ uh /

🔊 聆聽音檔並讀出下列字例

發	普	盹	揬	托	黜	泏	哆	焠	欶
puh	puh	tuh	tu̍h	thuh	thuh	tsuh	tshuh	tshuh	suh

🔊 聆聽音檔並讀出下列詞例

譀浡	吉普	發出來	泏出來	阿沙不魯
hàm-phu̍h	jì-puh	puh-tshut-lâi	tsuh-tshut-lâi	a-sa-puh-luh
哆哆	發芽	盹龜	沙龍巴斯	指指揬揬
tshuh-tshuh	puh-gē	tuh-ku	sa-long-pa-suh	ki-ki-tu̍h-tu̍h

✍️ 查閱教育部臺灣閩南語常用詞辭典

1. 寫出5個韻尾是/ uh /結尾的<u>臺語漢字</u>佮拼音

2. 寫出5個韻尾是/ uh /結尾的<u>臺語語詞</u>佮拼音

/ eh /

◯聆聽音檔並讀出下列字例

欸	伯	晢	咧	凹	格	客	夾	冊	雪
eh	peh	teh	leh	neh	keh	kheh	ngeh	tsheh	seh

◯聆聽音檔並讀出下列詞例

番麥	拍呃	及格	人客	豆莢
huan-beh	phah-eh	kip-keh	lâng-kheh	tāu-ngeh
阿伯	落雪	轉踅	厝宅	讀冊
a-peh	lóh-seh	tńg-seh	tshù-theh	thák-tsheh

✍查閱教育部臺灣閩南語常用詞辭典

1. 寫出5個韻尾是/ eh /結尾的臺語漢字佮拼音

2. 寫出5個韻尾是/ eh /結尾的臺語語詞佮拼音

/ ooh /

☺聆聽音檔並讀出下列字例

喔	謼	擝	膜	瘼
ooh	hooh	mooh	mòoh	mòoh

☺聆聽音檔並讀出下列詞例

面膜	擝壁鬼	起清瘼
bīn-mòoh	mooh-piah-kuí	khí-tshìn-mòoh

✍查閱教育部臺灣閩南語常用詞辭典

1. 寫出5個韻尾是/ ooh /結尾的臺語語詞佮拼音

/ oh /

聆聽音檔並讀出下列字例

學	薄	樸	桌	囉	閣	過	著	魠	索
o̍h	po̍h	phoh	toh	loh	koh	koh	to̍h	thoh	soh

聆聽音檔並讀出下列詞例

辦桌 pān-toh	插胳 tshah-koh	種作 tsìng-tsoh	厚薄 kāu-po̍h	搝大索 khiú-tuā-soh
藥粕 io̍h-phoh	金箔 kim-po̍h	散學 suànn-o̍h	猶閣 iáu-koh	白鶴 pe̍h-ho̍h

查閱教育部臺灣閩南語常用詞辭典

1. 寫出5個韻尾是/ **oh** /結尾的臺語漢字佮拼音

2. 寫出5個韻尾是/ **oh** /結尾的臺語語詞佮拼音

/ aih /

⊜聆聽音檔並讀出下列字例

哎	噯	唉
aih	aih	haih

/ auh / 🎧

⊜聆聽音檔並讀出下列字例

雹	卯	篤	沓	喃	落	軋	餄	嘈
phàuh	mauh	tauh	tàuh	nauh	làuh	kauh	kauh	tshàuh

⊜聆聽音檔並讀出下列詞例

冇篤	拍交落	潤餅_餄	糜糜卯卯
tīng-tauh	phah-ka-làuh	jūn-piánn-kauh	mi-mi-mauh-mauh

✍查閱教育部臺灣閩南語常用詞辭典

1.寫出5個韻尾是/ aih /和/ auh /結尾的臺語漢字佮拼音

2.寫出5個韻尾是/ aih /和/ auh /結尾的臺語語詞佮拼音

/ iah /

😮聆聽音檔並讀出下列字例

蝶	壁	癖	拆	掠	隙	攑	才	刺	跡
iȧh	piah	phiah	thiah	liȧh	khiah	giȧh	tsiah	tshiah	jiah

😮聆聽音檔並讀出下列詞例

好額	偏僻	鳥隻	後壁	跤跡
hó-giȧh	phian-phiah	tsiáu-tsiah	āu-piah	kha-jiah
散赤	揀食	拄才	空隙	頭額
sàn-tshiah	kíng-tsiȧh	tú-tsiah	khang-khiah	thâu-hiȧh

🐟查閱教育部臺灣閩南語常用詞辭典

1.寫出5個韻尾是/ iah /結尾的臺語漢字佮拼音

2.寫出5個韻尾是/ iah /結尾的臺語語詞佮拼音

/ iuh /

⊖聆聽音檔並讀出下列字例

搐	䫌
tiuh	tsiuh

⊖聆聽音檔並讀出下列詞例

密䫌䫌	搐一下
bát-tsiuh-tsiuh	tiuh--tsi̍t-ē

/ ioh / 🎧

😊聆聽音檔並讀出下列字例

藥	著	略	抾	謔	葉	石	尺	蓆	惜
ió̍h	tió̍h	lió̍h	khioh	gió̍h	hió̍h	tsió̍h	tshioh	tshió̍h	sioh

😊聆聽音檔並讀出下列詞例

樹葉	漢藥	寶惜	手液	出擢
tshiū-hió̍h	hàn-ió̍h	pó-sioh	tshiú-sió̍h	tshut-tioh
鮮沢	腰尺	草蓆	砂石	鴟鴞
tshinn-tshioh	io-tshioh	tsháu-tshió̍h	sua-tsió̍h	bā-hió̍h

🖋查閱教育部臺灣閩南語常用詞辭典

1.寫出5個韻尾是/ ioh /結尾的臺語漢字佮拼音

2.寫出5個韻尾是/ ioh /結尾的臺語語詞佮拼音

/ uah / 🎧

👄 聆聽音檔並讀出下列字例

活	潑	抹	脫	割	闊	喝	掣	煞	熱
uah	phuah	buah	thuah	kuah	khuah	huah	tshuah	suah	juah

👄 聆聽音檔並讀出下列詞例

虼蚻	抹抹	快活	桌屜	無較縒
ka-tsuah	buah-buah	khuìnn-uah	toh-thuah	bô-khah-tsuah
菜礤	曠闊	歪斜	收煞	咇咇掣
tshài-tshuah	khòng-khuah	uai-tshuah	siu-suah	phih-phih-tshuah

✍ 查閱教育部臺灣閩南語常用詞辭典

1. 寫出5個韻尾是 / uah / 結尾的<u>臺語漢字</u>佮拼音

2. 寫出5個韻尾是 / uah / 結尾的<u>臺語語詞</u>佮拼音

/ ueh /

聆聽音檔並讀出下列字例

喂	拔	沫	襪	橛	缺	月	血	說
ueh	puéh	phuéh	buéh	kuéh	khueh	guéh	hueh	sueh

聆聽音檔並讀出下列詞例

滿月	凝血	解說	絲仔襪	雪文沫
muá-guéh	gîng-hueh	kái-sueh	si-á-buéh	sap-bûn phuéh
欠缺	蕨貓	字劃	吳郭魚	一橛甘蔗
khiàm-khueh	kueh-niau	jī-uéh	ngôo-kueh-hî	tsit kuéh kam-tsià

查閱教育部臺灣閩南語常用詞辭典

1. 寫出5個韻尾是/ ueh /結尾的臺語漢字佮拼音

2. 寫出5個韻尾是/ ueh /結尾的臺語語詞佮拼音

/ iauh /

聆聽音檔並讀出下列字例

歆 hiauh	蟯 ngiàuh

聆聽音檔並讀出下列詞例

歆歆 hiauh-hiauh	蟯蟯趖 ngiàuh-ngiàuh-sô

/ annh /

聆聽音檔並讀出下列字例

唅 hannh	熁 hannh	喵 sannh	煞 sannh

聆聽音檔並讀出下列詞例

熁著 hannh--tiòh	煞心 sannh-sim

/ ennh /

👄聆聽音檔並讀出下列字例

> 喀
> khénnh

👄聆聽音檔並讀出下列詞例

> 喀痰
> khénnh thâm

/ onnh /

👄聆聽音檔並讀出下列字例

> 乎
> honnh

/ iannh /

⊖聆聽音檔並讀出下列字例

抰 hiannh	嚇 hiannh

⊖聆聽音檔並讀出下列詞例

抰衫 hiannh-sann	懂嚇 táng-hiannh

拼音練習 🎧

✍ 練習寫出後一字的拼音

1	番麥	喙舌	托下頦	各觖	肫龜	樹葉
2	阿伯	寶惜	行踏	手液	喇叭	厝宅
3	散赤	高鐵	草蓆	蔫蔫	砂石	啥物
4	及格	人客	金箔	豆莢	散學	偏僻
5	轉踅	拍獵	密喌喌	鷗鴒	拍交落	頭額
6	辦桌	呼噎仔	空隙	拍呃	冇篤	起清瘼
7	漢藥	潤餅餃	吉普	落雪	厚薄	落雹
8	白鶴	搝一下	跤跡	摸大索	猶閣	揀食
9	譀潲	插胳	讀冊	後壁	鮮沢	指甲
10	眵眵	黜臭	擎桼	肩胛	種作	閃爍
11	水鴨	炕肉	高鐵	好額	穿插	鳥隻

解答：

1	番麥	啄舌	托下頦	各祕	肫龜	樹葉
	bėh	tsih	thuh	pih	tuh	hiȯh
2	阿伯	寶惜	行踏	手液	喇叭	厝宅
	peh	sioh	tȧh	siȯh	pah	thėh
3	散赤	高鐵	草蓆	蔽薆	砂石	啥物
	tshiah	thih	tshiȯh	hiauh	tsiȯh	mih
4	及格	人客	金箔	豆莢	散學	偏僻
	keh	kheh	pȯh	ngeh	ȯh	phiah
5	轉踅	拍獵	密屜屜	鷗鶋	拍交落	頭額
	sėh	lȧh	tsiuh	hiȯh	lȧuh	hiȧh
6	辦桌	呼噎仔	空隙	拍呃	冇篤	起清瘸
	toh	uh	khiah	eh	tauh	mȯoh
7	漢藥	潤餅餃	吉普	落雪	厚薄	落雹
	iȯh	kauh	puh	seh	pȯh	phȧuh
8	白鶴	搝一下	跤跡	摸大索	猶閣	揀食
	hȯh	tiuh	jiah	soh	koh	tsiȧh
9	諏淬	插胳	讀冊	後壁	鮮沢	指甲
	phůh	koh	tsheh	piah	tshioh	kah
10	眵眵	黜臭	擎絮	肩胛	種作	閃爍
	tshuh	thuh	tsah	kah	tsoh	sih
11	水鴨	炕肉	高鐵	好額	穿插	鳥隻
	ah	bah	thih	giȧh	tshah	tsiah

第七講
臺語的聲調變化

　　許多聲調語言都有變調現象，每個語言的變調系統都有自己獨特的特點。漢語系統語言的變調現象尤其明顯，如：華語、粵語、客語等。變調指的是某些字的聲調在特定狀況下，會依據特定規則讀成另一個聲調，但單獨使用或在特定狀況下讀本調。

一、一般變調 & 連續變調

　　臺語的語音系統中，由兩個字或兩個字以上組成的語詞，語詞的最後一個字通常不變調，前面的字大多都需要變調，此為一般變調。（少數不變調的特殊狀況將於下一章說明）。舉例來說，「冷氣」這個詞中的「氣」保持本調，而「冷」必須變調。如果是三個字以上的詞，最後一個字不變調，而前面的字則需要變調。例如，「吹冷氣」這個詞中的「氣」保持本調，而「吹」和「冷」必須變調。

　　句子的變調規則也相同。在語句中，由於句子是由語詞所構成，變調的規則與語詞的變調規則大多相同。例如：「我欲吹冷氣。」中的「氣」保持本調，而前面的字全部都需要變調。但句子的變調並非只有一種規則，牽涉到語法因素，較為複雜。本書針對初學者設計，以語詞的變調為主，句子的變調日後有機會再另行討論。

　　既然臺語幾乎每個二字以上的語詞都變調，那麼何時需要變調、何時讀本調？有一定的規則。所以在學習變調前，先了解何時讀本調。

　　在進入本章練習之前，可先回到第二章再次複習聲調，熟練辨

別各個聲調，更能理解變調前後語音的變化。

㈠什麼時候唸本調 🎧

本調就是原本的聲調，以下列舉維持讀本調的情況。

1.單獨一個字時，讀本調

茶 tê	山 suann	水 tsuí	樹 tshiū	海 hái	筆 pit	菜 tshài	寫 siá	啉 lim
天 thinn	涼 liâng	風 hong	冷 líng	雲 hûn	清 tshing	星 tshenn	月 gueh	明 bîng

2.兩個字以上的詞，最後一個字讀本調。

進行 tsìn-hîng	煮食 tsú-tsiảh	正手 tsiànn-tshiú	出租 tshut-tsoo	千萬 tshian-bān
厝邊 tshù-pinn	樹椏 tshiū-ue	暫時 tsiām-sî	手工 tshiú-kang	了後 liáu-āu
土地公 Thóo-tī-kong	序大人 sī-tuā-lâng	窗仔門 thang-á-mn̂g	刁故意 tiau-kòo-ì	塗豆仁 thôo-tāu-jîn
午時水 gōo-sî-tsuí	霆雷公 tân-luî-kong	山茇薊 suann-tang-o	生理人 sing-lí-lâng	少年家 siàu-liân-ke

3.輕聲的前一字唸本調。（輕聲唸讀部分在特殊變調中加以說明）

寒人 kuânn--lâng	聽見 thiann--kìnn	厝裡 tshù--lí	恬去 tiām--khì	開開 khui--khui
等咧 tán--leh	日時 jit--sî	轉來 tn̂g--lâi	允人 ín--lâng	倩的 tshiànn--ê
眠一下 bîn--tsit-ē	蹽落去 liâu--lỏh-khì	紲落來 suà--lỏh-lâi	管待伊 kuán-thāi--i	拍無去 phah-bô--khì

(二)變調

　　傳統聲韻學以平上去入分辨聲調，臺語的聲調變化可分爲三個部分：聲調爲平音的部分，聲調的變化是由高向低逐步下降，也就是由第 1 聲（高平調）→第 7 聲（中平調）→第 3 聲（低平調）；其他聲調的變化是：第 3 聲（低平調）→第 2 聲（高降調）→第 1 聲（高平調）；第 5 聲（上升調）的變調會因爲漳州音、泉州音有所不同，漳州音第 5 聲（上升調）→第 7 聲（中平調），泉州音第 5 聲（上升調）→第 3 聲（低平調）。

　　韻尾是／-p／、／-t／、／-k／的入聲，第 4 聲（中促調）和第 8 聲（高促調）互變；當一個詞，前一個字韻尾是／-h／的字，發音通過喉嚨，在和後面的字組合時，喉塞音脫落，第 4 聲（中促調）變調後聲調接近第 2 聲（高降調），而第 8 聲（高促調）變調後聲調接近第 3 聲（低平調）。

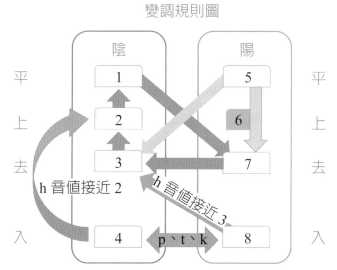

變調規則圖

（此圖主要依據爲許長謨教授的上課講義，並加入筆者之淺見繪製而成。）

　　爲了方便記憶，以下用口訣與圖形協助記憶。

　　口訣為：17321，57。17321 可以以「滷卵有夠芳」對照，此為已經經過變調的聲調。只要是聽到像「滷」/ loo / 的音高，如：天、光、山、風、吹這樣的音高即為第 1 聲，其他聲調依此類推。

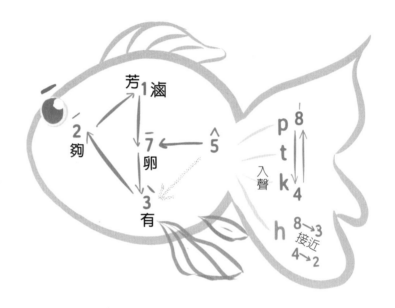

(三)變調聽音練習 🎧

變調一：1→7，第1聲變調為第7聲

沙沙 sua-sua	偏偏 phian-phian	金金 kim-kim	開開 khui-khui	深深 tshim-tshim
西醫 se-i	花矸 hue-kan	車窗 tshia-thang	鉸刀 ka-to	操心 tshau-sim
山路 suann-lōo	遭遇 tso-gū	宵夜 siau-iā	遵命 tsun-bīng	奢颺 tshia-iānn

變調二：7→3，第7聲變調為第3聲

爾爾 niā-niā	霧霧 bū-bū	戇戇 gōng-gōng	慢慢 bān-bān	濟濟 tsē-tsē

近視 kīn-sī	大雨 tuā-hōo	便利 piān-lī	電動 tiān-tōng	夜市 iā-tshī
外向 guā-hiòng	願意 guān-ì	麵線 mī-suànn	面布 bīn-pòo	外套 guā-thò

變調三：3→2，第3聲變調爲第2聲

放放 hòng-hòng	怪怪 kuài-kuài	滯滯 tù-tù	拜拜 pài-pài	翹翹 khiàu-khiàu
愛哭 ài-khàu	紲嗾 suà-tshuì	世界 sè-kài	怨嘆 uàn-thàn	意見 ì-kiàn
過敏 kuè-bín	細菌 sè-khún	掃帚 sàu-tshiú	透早 thàu-tsá	臭殕 tshàu-phú

變調四：2→1，第2聲變調爲第1聲

險險 hiám-hiám	殕殕 phú-phú	往往 íng-íng	久久 kú-kú	苦苦 khóo-khóo
指指 kí-tsáinn	種子 tsíng-tsí	鳥鼠 niáu-tshí	海湧 hái-íng	冷水 líng-tsuí
體操 thé-tshau	水晶 tsuí-tsinn	海翁 hái-ang	挽花 bán hue	米芳 bí-phang

變調五：5→7（或3），第5聲變調爲第7聲（或第3聲）

圓圓 înn-înn	雄雄 hiông-hiông	明明 bîng-bîng	平平 pênn-pênn	延延 iân-tshiân
嚨喉 nâ-âu	蜈蜞 lâ-giâ	魚池 hî-tî	葡萄 phû-tô	糊塗 hôo-tô
同事 tông-sū	頇顢 hân-bān	磨練 buâ-liān	緣份 iân-hūn	紅豆 âng-tāu

拼音練習 🎧

✍練習寫出詞組本調為第幾聲

1	久久	金金	延延	翹翹	霧霧
2	明明	滯滯	偏偏	拜拜	雄雄
3	平平	殕殕	深深	沙沙	怪怪
4	苦苦	開開	爾爾	戀戀	圓圓
5	往往	濟濟	放放	慢慢	險險

解答：

1	久久	金金	延延	翹翹	霧霧
	kú-kú	kim-kim	iân-tshiân	khiàu-khiàu	bū-bū
	22	11	55	33	77
2	明明	滯滯	偏偏	拜拜	雄雄
	bîng-bîng	tù-tù	phian-phian	pài-pài	hiông-hiông
	55	33	11	22	55
3	平平	殕殕	深深	沙沙	怪怪
	pênn-pênn	phú-phú	tshim-tshim	sua-sua	kuài-kuài
	55	22	11	11	33

4	苦苦	開開	爾爾	戇戇	圓圓
	khóo-khóo	khui-khui	niā-niā	gōng-gōng	înn-înn
	22	11	77	77	55
5	往往	濟濟	放放	慢慢	險險
	íng-íng	tsē-tsē	hòng-hòng	bān-bān	hiám-hiám
	22	77	33	77	22

變調六：4→8，第4聲變調爲第8聲

溼溼	屧貼	揜貼	執業	接納
sip-sip	siap-thiap	iap-thiap	tsip-giáp	tsiap-láp
出脫	缺失	出發	鬱卒	骨質
tshut-thuat	khuat-sit	tshut-huat	ut-tsut	kut-tsit
祝福	積德	齷齪	約束	各國
tsiok-hok	tsik-tik	ak-tsak	iok-sok	kok-kok
出力	法律	發達	骨力	結實
tshut-làt	huat-lùt	huat-tàt	kut-làt	kiat-sit
魄力	刻薄	角色	克服	束縛
phik-lik	khik-pòk	kak-sik	khik-hòk	sok-pàk

變調七：8→4，第8聲變調爲第4聲

捷捷	集合	納入	合輯	雜插
tsiáp-tsiáp	tsip-hàp	làp-jip	hàp-tsip	tsàp-tshap
直直	密密	植物	絕食	蜜月
tit-tit	bàt-bàt	sit-bùt	tsuàt-sit	bit-guàt
學習	寂寞	學歷	獨獨	鑿目
hàk-sip	tsik-bòk	hàk-lik	tòk-tòk	tshàk-bàk
物質	活潑	日出	實質	值得
bùt-tsit	huàt-phuat	jit-tshut	sit-tsit	tàt-tit
特色	鹿角	樂曲	目色	落魄
tik-sik	lòk-kak	gàk-khik	bàk-sik	lòk-phik

變調八：4→2，入聲韻尾-h第4聲變調接近第2聲

貼貼 tah-tah	粕粕. phoh-phoh	哆哆 tshuh-tshuh	拍拍 phah-phik	接接 tsih-tsiap
擎紮 pih-tsah	爍爁 sih-nah	拍呃 phah-eh	插胳 tshah-koh	隔壁 keh-piah
赤目 tshiah-bảk	扶挶 khioh-kảk	接力 tsih-lảt	冊局 tsheh-kiỏk	惜別 sioh-piảt

變調九：8→3，入聲韻尾-h第8聲變調接近第3聲

食晝 tsiảh-tàu	㰚㰚 hảunnh-hảunnh	食食 tsiảh-sit	白白 pẻh-pẻh	活力 uảh-lik
曷著 ảh-tiỏh	噷噷 hmh-hmh	篾蓆 bih-tshiỏh	落雪 lỏh-seh	食桌 tsiảh-toh
白色 pẻh-sik	食福 tsiảh-hok	斜角 tshuảh-kak	蠟筆 lảh-pit	踏出 tảh-tshut

聲調練習

練習寫出語詞原本的聲調與變調後的聲調

1	魚池	葡萄	同事	愛哭	西醫
本調					
變調					
2	鳥鼠	海湧	體操	大雨	近視
本調					
變調					
3	世界	怨嘆	過敏	指指	紲喙
本調					
變調					
4	便利	電動	外向	花矸	嚨喉
本調					
變調					
5	車窗	鉸刀	山路	種子	蟾蜍
本調					
變調					
6	糊塗	外套	海翁	緣份	頂顂
本調					
變調					
7	冷水	奢颺	磨練	面布	遭遇
本調					
變調					
8	意見	紅豆	宵夜	遵命	細菌
本調					

變調					
9	夜市	臭殕	麵線	挽花	水晶
本調					
變調					
10	操心	米芳	掃帚	透早	願意
本調					
變調					

解答:

1	魚池	葡萄	同事	愛哭	西醫
本調	55	55	57	33	11
變調	75	75	77	23	71
2	鳥鼠	海湧	體操	大雨	近視
本調	22	22	21	77	77
變調	12	12	11	37	37
3	世界	怨嘆	過敏	指指	紲喙
本調	33	33	32	22	33
變調	23	23	22	12	23
4	便利	電動	外向	花矸	嚨喉
本調	77	77	73	11	55
變調	37	37	33	71	75
5	車窗	鉸刀	山路	種子	蟧蜈
本調	11	11	17	22	55
變調	71	71	77	12	75
6	糊塗	外套	海翁	緣份	頂顀
本調	55	73	21	57	57

變調	75	33	11	77	77
7	冷水	奢颺	磨練	面布	遭遇
本調	22	17	57	73	17
變調	12	77	77	33	77
8	意見	紅豆	宵夜	遵命	細菌
本調	33	57	17	17	32
變調	23	77	77	77	22
9	夜市	臭殕	麵線	挽花	水晶
本調	77	32	73	21	21
變調	37	22	33	11	11
10	操心	米芳	掃帚	透早	願意
本調	11	21	32	32	73
變調	71	11	22	22	33

練習寫出語詞原本的聲調與變調後的聲調

1	粕粕	食食	刻薄	學歷	出發	赤目
本調						
變調						
2	爍爁	篾蓆	落雪	踏出	捗貼	出力
本調						
變調						
3	扶挵	斜角	蠟筆	納入	拍呃	魄力
本調						
變調						
4	法律	捷捷	集合	活力	發達	貼貼
本調						

變調						
5	白白	擎紮	角色	植物	齷齪	溼溼
本調						
變調						
6	厭貼	學習	寂寞	日出	眵眵	直直
本調						
變調						
7	缺失	物質	活潑	樂曲	接力	祝福
本調						
變調						
8	食桌	特色	密密	出脫	鹿角	積德
本調						
變調						

解答：

1	粕粕	食食	刻薄	學歷	出發	赤目
拼音	phoh-phoh	tsiàh-sit	khik-póh	hàk-lik	tshut-huat	tshiah-bàk
本調	44	88	48	88	44	48
變調	24	38	88	48	84	28
2	爍爁	篋蓆	落雪	踏出	揜貼	出力
拼音	sih-nah	bih-tsióh	lòh-seh	tàh-tshut	iap-thiap	tshut-làt
本調	44	88	84	84	44	48
變調	24	38	34	34	84	88
3	抾捔	斜角	蠟筆	納入	拍呃	魄力
拼音	khioh-kàk	tshuàh-kak	làh-pit	làp-jip	phah-eh	phik-lik

本調	48	84	84	88	44	48
變調	28	34	34	48	24	88
4	法律	捷捷	集合	活力	發達	貼貼
拼音	huat-lùt	tsiàp-tsiàp	tsip-hàp	uàh-lik	huat-tàt	tah-tah
本調	48	88	88	88	48	44
變調	88	48	48	38	88	24
5	白白	擘紮	角色	植物	齷齪	溼溼
拼音	pèh-pèh	pih-tsah	kak-sik	sit-bùt	ak-tsak	sip-sip
本調	88	44	48	88	44	44
變調	38	24	88	48	84	84
6	厭貼	學習	寂寞	日出	哆哆	直直
拼音	siap-thiap	hàk-sip	tsik-bòk	jit-tshut	tshuh-tshuh	tit-tit
本調	44	88	88	84	44	88
變調	84	48	48	44	24	48
7	缺失	物質	活潑	樂曲	接力	祝福
拼音	khuat-sit	bùt-tsit	huàt-phuat	gàk-khik	tsih-làt	tsiok-hok
本調	44	84	84	84	48	44
變調	84	44	44	44	28	84
8	食桌	特色	密密	出脫	鹿角	積德
拼音	tsiàh-toh	tik-sik	bàt-bàt	tshut-thuat	lòk-kak	tsik-tik
本調	84	84	88	44	84	44
變調	34	44	48	84	44	84

二、特殊變調

前文討論了臺語的一般變調，本文針對非一般變調進行討論，非一般變調又稱爲特殊變調。

臺語的特殊變調指的是在一些特定的情況下，詞語的變調方式不遵循一般變調的規則。大致可分爲：三疊形容詞變調、主謂複合詞的變調、輕聲變調、隨前變調進行說明。

㈠三疊形容詞變調

三疊形容詞是臺語的特色之一。單音形容詞化爲三疊形式往往表示程度的強化，在變調的方面也有特殊的規則。其規則爲：

1. 單一字形容詞若爲「**第 2 聲、第 3 聲、第 4 聲**」時，遵循一般變調規則，最後一字不變調，前兩字都變調。例如：

	本調	一般變調	一般變調
第 2 聲	滿 buán	滿滿 buan-buán	滿滿滿 buan-buan-buán
	扁 pínn	扁扁 pinn-pínn	扁扁扁 pinn-pinn-pínn
	洘 khó	洘洘 kho-khó	洘洘洘 kho-kho-khó
第 3 聲	幼 iù	幼幼 iú-iù	幼幼幼 iú-iú-iù
	放 hòng	放放 hóng-hòng	放放放 hóng-hóng-hòng
	譀 hàm	譀譀 hám-hàm	譀譀譀 hám-hám-hàm
第 4 聲	肉 bah	肉肉 bá-bah	肉肉肉 bá-bá-bah
	唊 kheh	唊唊 khé-kheh	唊唊唊 khé-khé-kheh
	澀 siap	澀澀 siap-siap	澀澀澀 siap-siap-siap

此表格中的調號爲變調後的讀音，書寫時拼音應寫本調。

2.單一字形容詞若爲「第1聲、第5聲、第7聲、第8聲」時，
　第一個字會變爲第9聲（第9聲的音值接近45，接近高升調）；
　後兩字按照一般變調的規則。也就是第一個字讀第9聲（高升
　調），第二個字按照一般變調，第三個字讀本調。例如：

金^{第9聲}—金^{一般變調}—金^{本調}

	本調	一般變調	特殊變調
第1聲	尖 tsiam	尖尖 tsiām-tsiam	尖尖尖 tsiấm-tsiām-tsiam
	薟 hiam	薟薟 hiām-hiam	薟薟薟 hiấm-hiām-hiam
	空 khong	空空 khōng-khong	空空空 khống-khōng-khong
第5聲	絪 ân	絪絪 ān-ân	絪絪絪 ấn-ān-ân
	塗 thôo	塗塗 thōo-thôo	塗塗塗 thốo-thōo-thôo
	懸 kuân	懸懸 kuān-kuân	懸懸懸 kuấn-kuān-kuân
第7聲	峇 bā	峇峇 bà-bā	峇峇峇 bã-bà-bā
	濟 tsē	濟濟 tsè-tsē	濟濟濟 tsẽ-tsè-tsē
	飹 khiū	飹飹 khiù-khiū	飹飹飹 khiũ-khiù-khiū
第8聲	密 ba̍t	密密 bat-ba̍t	密密密 bãt-bat-ba̍t
	白 pe̍h	白白 peh-pe̍h	白白白 pẽh-peh-pe̍h
	薄 po̍h	薄薄 poh-po̍h	薄薄薄 põh-poh-po̍h

此表格中的調號爲變調後的讀音，書寫時拼音應寫本調。

5			本8
特殊9 本1	特殊9	特殊9	特殊9
3			
一般7	一般7	本7	一般4
2	本5	一般3	
1			
空空空	塗塗塗	飯飯飯	白白白
第1聲	第5聲	第7聲	第8聲

特殊：特殊變調／一般：一般變調／本：本調。

㈡主謂複合詞的變調

　　主謂複合詞是由主謂關係所構成的語詞，前面為主語，主語是謂語要說明、陳述的對象；後面為謂語，謂語是在說明或陳述主語的狀況或現象。

　　此種主謂複合詞的變調方式不同於一般變調，有的是主語的最後一個字不變調，如：天光、地動、胃腸；有的遵循一般變調規則，如：米絞、面熟、米粉炒等。以下針對主謂複合詞舉詞例以供練習：

	衫短 sann té	褲闊 khòo khuah	人矮 lâng é	鼻直 phīnn tit
主語最後一字不變調	天光 thinn-kng	地動 tē-tāng	手賤 tshiú tsiān	心疼 sim thiànn
	菜俗 tshài siók	卵貴 nn̄g kuì	喙破 tshuì phuà	皮癢 phuê-tsiūnn
	心花開 sim-hue khui	嚨喉疼 nâ-âu thiànn	腹肚枵 pak-tóo iau	胃腸穤 uī-tn̂g bái

一般變調	序大 sī-tuā	喙焦 tshuì-ta	米絞 bí-ká	肉酥 bah-soo
	面熟 bīn-sik	花箍 hue-khoo	肉拊 bah-hú	米芳 bí-phang
	麵線糊 mī-suànn-kôo	耳空輕 hīnn-khang-khin	米粉炒 bí-hún-tshá	腦充血 náu-tshiong-hiat
	蚵仔煎 ô-á-tsian	潤餅餀 jūn-piánn-kauh	白菜滷 pe̍h-tshài-lóo	豆乾糝 tāu-kuann-tsìnn

(三)輕聲變調—固定低調 🎧

輕聲變調分為固定低調和隨前變調。

輕聲是聲音經過弱化，較一般的聲音音長較短、聲音較小、有些聲調微降，也就是輕聲有聲音弱、短、微降的特點。

輕聲符號前唸本調，輕聲符號後唸輕聲。讀為：本調——輕聲（短、弱、降）

固定低調調值和第 3 聲（低平調）很接近。在行為動作的方向、程度上的補充說明、人名姓氏、地名、時間等之詞尾、句末語助詞、動詞之後的代名詞及補語，常有輕聲出現。例如：

輕聲常出現的結構位置	詞例
1. 行為動作的方向／趨向	轉來 tńg--lâi 恬去 tiām--khì 行入來 kiânn--jip-lâi 走出去 tsáu--tshut-khì 徛起來 khiā--khí-lâi 囥落去 khǹg--lo̍h-khì

輕聲常出現的結構位置	詞例
2. 動詞的程度補語	食一寡 tsiảh--tsit-kuá 啉一點 lim--tsit tiám
3. 人名姓氏、時間之詞尾	前年 tsûn--nî 日時 jit--sî 林先生 Lîm--sian-sinn 陳先生 Tân--sian-sinn
4. 疑問句句尾	好無？ Hó--bô? 欲無？ Beh--bô?
5. 動詞之後的代名詞及補語	等伊 tán--ī 等我一下 tán--guá-tsit-ē 莫插伊 mài tshap--i 管待伊 kuán-thāi--i

　　另外，輕聲變調具有語義的辨義功能，同一語詞為一般變調或輕聲變調，其語義是不同的。例如：

	一般變調		輕聲變調	
無去	bô khì	沒去	bô--khì	遺失；死去
開開	khui-khui	打開著的	khui--khui	打開
過去	kuè-khì	從前	kuè--khì	時限已過
後日	āu-jit	日後；改天	āu--jit	後天
怪人	kuài-lâng	怪人	kuài--lâng	怪罪別人
驚死	kiann-sí	怕死	kiann--sí	嚇死
驚人	kiann-lâng	骯髒	kiann--lâng	可怕、害怕
做人	tsò-lâng	為人處世	tsò--lâng	許配他人
啉一杯	lim tsit pue	只喝一杯	lim--tsit-pue	一杯以上

少數例外的語詞，如：

食小可仔、買一寡仔，無論唸輕聲或一般變調，語義皆相同。

(四)輕聲變調——隨前變調 🎧

隨前變調輕聲是出現在一個字詞的最後位置，沒有固定的聲調，須隨前一字詞的音值尾音變調。隨前變調常見的字，如：「仔」、「的」、「人」、「去」、「著」、「死」等，還有其他隨前變調的，隨前變調大致可分為：

1. 第 1 聲（高平調）：前字為第 1 聲（高平調），音值為 55，後面的輕聲字隨前面聲調拉長延續，轉成近似前字尾音音值 5（近似第 1 聲）。如：

「的」	「仔」
粗的 tshoo--e	邊仔 pinn--a
賰的 tshun--e	阿珠仔 A-tsu--a
青的 tshenn--e	阿珍仔 A-tin--a

此表格中的調號為變調後的讀音，書寫時拼音應寫本調。

2. 第 7 聲（中平調）：前字為第 7 聲（中平調），音值為 33，後面的輕聲字隨前面聲調拉長延續，轉為近似前字尾音音值 3（近似第 7 聲）。如：

「的」	「仔」
大的 tua--ē	柱仔 thiāu--ā（人名）
中的 tiōng--ē	阿樹仔 a-tshiū--ā
遠的 hn̄g--ē	屘舅仔 bān-kū--ā
內行的 lāi-hâng--ē	大妗仔 tuā-kīm--ā（舅媽）

此表格中的調號為變調後的讀音，書寫時拼音應寫本調。

3. 第 3 聲（低平調）：前字為第 3 聲（低平調），音值為 21，後面的輕聲字隨前面聲調拉長延續，轉為近似前字尾音音值 1（近似第 3 聲）。如：

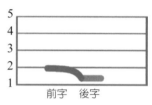

「的」	「仔」
倩的 tshiànn--ê 細的 sè--ê	天賜仔 Thiān-sù--à 天送仔 Thiān-sàng--à

此表格中的調號為變調後的讀音，書寫時拼音應寫本調。

4. 第 5 聲（上升調）：前字為第 5 聲（上升調），音值為 24，後面的輕聲字隨前面聲調尾音的音值 4，聲音拉長，轉為近似第 7 聲的音值，變調後的讀音如：

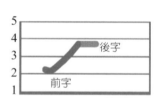

「的」	「仔」
堂的 tông--ē 紅的 âng--ē 涼的 liâng--ē 鹹的 kiâm--ē	明仔 Bîng--ā 阿婆仔 a-pô--ā 阿桃仔 Ā-thô--ā 阿龍仔 Ā-liông--ā

此表格中的調號為變調後的讀音，書寫時拼音應寫本調。

5. 第 2 聲（高降調）：前字為第 2 聲，音值為 42，後面的輕聲字隨前面聲調結束的音值 2，聲音拉長，轉為近似第 3 聲甚至更低的音，變調後的讀音如：

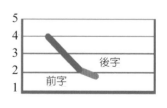

「的」	「仔」
苦的 khóo--è 母的 bó--è 養的 ióng--è 過鹹水的 kuè-kiâm-tsuí--è	尾仔 bué--à 姆仔 ḿ--à 姊仔 tsí--à 阿狗仔 Ā-káu--à

此表格中的調號為變調後的讀音，書寫時拼音應寫本調。

6. 入聲（第 4 聲、第 8 聲）：輕聲前是第 4 聲、第 8 聲時，後面的
   輕聲字聲音下降，轉爲近似第 3 聲甚至更低的音。如：

「的」	「仔」
狹的 éh--è	叔仔 tsik--à
闊的 khuah--è	阿玉仔 A-giók--à

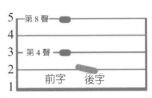

此表格中的調號為變調後的讀音，書寫時拼音應寫本調。

綜上所言，臺語聲調的隨前變調，可分爲以下三種變調方式。

第 1 聲、第 7 聲、第 3 聲	第 2 聲、第 4 聲、第 8 聲	第 5 聲
和前一字同聲調	變成接近「第 3 聲」	變成接近「第 7 聲」
身上 sin--siōng	惱死 lóo--sí	無去 bô--khì
聽見 thiann--kìnn	閃開 siám--khui	神去 sîn--khì
零星的 lân-san--ê	總是 tsóng--sī	行去 kiânn--khì
定去 tiānn--khì	等咧 tán--leh	暝時 mê--sî
昏去 hūn--khì	熱人 juáh--lâng	刣死 thâi--sí
昏倒 hūn--tó	熱著 juáh--tióh	頭仔 thâu--á
穢人 uè--lâng	摔倒 siak--tó	前年 tsûn--nî
倒去 tò--khì	煞去 suah--khì	糊人 kôo--lâng
迥過 thàng--kuè	煞著 suah--tióh	呧人 siânn--lâng
淡開 thuànn--khui	滑倒 kút--tó	寒人 kuânn--lâng
擋咧 tòng--leh	裂開 lih--khui	寒著 kuânn--tióh
	食人 tsiáh--lâng	

此表格中的調號為本調。

第八講

羅馬字書寫原則

1. 大寫

(1)專有名詞第一個字母大寫

地名：Tâi-pak（臺北）

機關名：Kàu-io̍k-pōo（教育部）

(2)人名每一個音節之第一個字母須大寫

①「姓」和「名」分寫，「姓」和「名」的開頭字母大寫

如：Lîm Sim-bûn 林心文

②「複姓」時，第一個姓氏開頭字母大寫

如：Au-iông Hông-juē 歐陽宏睿

③「雙姓」時，兩姓氏開頭字母大寫

如：Tiunn-Kán Tsīng-gio̍k 張簡靜玉

(3)每句句首第一個字母大寫

如：Guá tsin ài sńg.（我眞愛玩）

2. 聲調符號

(1)調號標記在元音上，以響度大者優先。嘴型越開，響度越大，因此調號標記優先順序爲：

a＞oo＞e　　o＞i、u

如：

ai 標在 a 上，如：ài（愛）。

io 標在 o 上，如：iô（搖）。

（詳見第二講聲調說明）

(2)複母音 i、u 同時出現時，前者爲介音，後者爲主要元音。

iu 標在 u 上，如：iû（油）。

ui 標在 i 上，如：uī（位）。

⑶聲化韻母 m，標在 m 上，如：m̄（毋）。

⑷韻化聲母 ng，標在第一個字母上，如：n̂g（黃）

⑸韻母 oo，標在第一個字母上，如：thôo（塗）。

3. 連字符的使用原則

⑴凡辭典中列為詞條者，應為一個詞（word），可以連字符「-」連結。如：「辦公」標成 pān-kong。

⑵複合詞若可再分為多音節詞（含雙音節），宜加以斷詞，如：「Tsóng-thóng-hú pì-su（總統府祕書）」應斷詞為：「Tsóng-thóng-hú（總統府）」與「pì-su（祕書）」

4. 半形標記

使用半形標點符號來表示逗號「,」和句點「.」；半形空格「 」作為間隔。例：

⑴I tē-it pái tsú ê tshài koh bē pháinn-tsiàh.

伊第一擺煮的菜閣袂歹食。

⑵Jú lâi jú tsē lâng tī tshù-bué-tíng tah pênn-á tsìng-hue, tsìng-tshài, ē-sái jia-jit, khuànn-suí, koh ū thang tsiàh.

愈來愈濟人佇厝尾頂搭棚仔種花、種菜，會使遮日、看嬌，閣有通食。

第九講
拼音練習

分為聽寫練習與 700 字詞練習。

聽寫練習分為 A、B 兩大題，每個大題各有 5 小題共 10 題，聆聽音檔，在 A 題書寫拼音、在 B 題書寫漢字，每題都會先唸一次題目，再唸一句包含該詞彙的句子。書寫時只需要寫出作為題目的詞彙即可。

700 字詞漢字與拼音練習分為 A、B 兩卷。A 卷以漢字為題，識別臺語漢字練習書寫出正確拼音；B 卷則是以拼音為題，練習識別拼音，寫出臺語漢字。A、B 兩卷互為解答，可兩相對照練習。

👆聽寫練習一：聆聽音檔，每題都會先唸一次題目，再唸一句包含該詞彙的句子。回答時只需要寫出作為題目的詞彙即可。

	A. 聽寫拼音		B. 聽寫漢字	
	題號	答案	題號	答案
第1大題🎧	1		1	
	2		2	
	3		3	
	4		4	
	5		5	

第2大題	A. 聽寫拼音		B. 聽寫漢字	
	題號	答案	題號	答案
	1		1	
	2		2	
	3		3	
	4		4	
	5		5	

第3大題	A. 聽寫拼音		B. 聽寫漢字	
	題號	答案	題號	答案
	1		1	
	2		2	
	3		3	
	4		4	
	5		5	

第4大題	A. 聽寫拼音		B. 聽寫漢字	
	題號	答案	題號	答案
	1		1	
	2		2	
	3		3	
	4		4	
	5		5	

		A. 聽寫拼音		B. 聽寫漢字	
	題號	答案	題號	答案	
第5大題 🎧	1		1		
	2		2		
	3		3		
	4		4		
	5		5		

		A. 聽寫拼音		B. 聽寫漢字	
	題號	答案	題號	答案	
第6大題 🎧	1		1		
	2		2		
	3		3		
	4		4		
	5		5		

解答：

		題號	答案	題目
第1大題	A. 聽寫拼音	1	電風 tiān-hong	電風紡真緊的「電風」
		2	面巾 bīn-kin	洗面用面巾的「面巾」
		3	幸福 hīng-hok	日子過甲誠幸福的「幸福」
		4	瞌目 nih-bȧk	看甲無瞌目的「瞌目」
		5	驚人 kiann-lâng	厝內真驚人的「驚人」
	B. 聽寫漢字	1	梢聲 sau-siann	我嚨喉梢聲的「梢聲」
		2	佗位 tó-uī	恁兜是踮佇佗位的「佗位」
		3	下頦 ē-hâi	伊笑甲落下頦的「下頦」
		4	坱埃 ing-ia	桌頂全坱埃的「坱埃」
		5	胡蠅 hôo-sîn	胡蠅颺颺飛的「胡蠅」

		題號	答案	題目
第2大題	A.聽寫拼音	1	派頭 phài-thâu	伊足勢激派頭的「派頭」
		2	海湧 hái-íng	海湧真大的「海湧」
		3	饒赦 jiâu-sià	請你饒赦伊的「饒赦」
		4	價數 kè-siàu	價數真公道的「價數」
		5	牛棡 gû-káng	牛牢內有牛棡的「牛棡」
	B.聽寫漢字	1	齒戳 khí-thok	用齒戳戳喙齒的「齒戳」
		2	詼諧 khue hâi	歹囡仔厚詼諧的「詼諧」
		3	塗跤 thôo-kha	毋通踮塗跤躽的「塗跤」
		4	齷齪 ak-tsak	熱天的時人較勢齷齪的「齷齪」
		5	罩雺 tà-bông	山頂真勢罩雺的「罩雺」
第3大題	A.聽寫拼音	1	囂俳 hiau-pai	這个人真囂俳的「囂俳」
		2	齣頭 tshut-thâu	伊的齣頭真濟的「齣頭」
		3	清彩 tshìn-tshái	伊的人真清彩的「清彩」
		4	細漢 sè-hàn	伊生做較細漢的「細漢」
		5	炕肉 khòng-bah	伊上愛食炕肉的「炕肉」
	B.聽寫漢字	1	心適 sim-sik	伊人有夠心適的「心適」
		2	斟茶 thîn tê	去共人客斟茶的「斟茶」
		3	扭搦 liú-la̍k	彼个人誠歹扭搦的「扭搦」
		4	磅空 pōng-khang	火車鑽入磅空的「磅空」
		5	陷眠 hām-bîn	睏罔睏，毋通陷眠的「陷眠」
第4大題	A.聽寫拼音	1	醫生 i-sing	𪜶內公是醫生的「醫生」
		2	欶奶 suh ling	嬰仔咧欶奶的「欶奶」
		3	補紩 póo-thīnn	伊咧補紩彼領裙的「補紩」
		4	怨嘆 uàn-thàn	想著真怨嘆的「怨嘆」
		5	開車 khui-tshia	開車愛專心的「開車」

		題號	答案	題目
第4大題	B.聽寫漢字	1	痟貪 siáu-tham	痟貪軁雞籠的「痟貪」
		2	擽呧 ngiau-ti	伊上驚人共伊擽呧的「擽呧」
		3	作穡 tsoh-sit	透雨去作穡的「作穡」
		4	啥貨 siánn-huè	這曷無啥貨的「啥貨」
		5	孵膿 pū-lâng	空喙孵膿矣的「孵膿」
第5大題	A.聽寫拼音	1	甜粿 tinn-kué	甜粿炊無透的「甜粿」
		2	警察 kíng-tshat	警察指揮交通的「警察」
		3	跤爪 kha-jiáu	貓的跤爪真利的「跤爪」
		4	合軀 hàh-su	這領衫真合軀的「合軀」
		5	仝款 kāng-khuán	時代無仝款矣的「仝款」
	B.聽寫漢字	1	齒膏 khí-ko	洗喙愛用齒膏的「齒膏」
		2	四界 sì-kè	物件莫四界遺的「四界」
		3	偌久 guā kú	你是欲摸偌久的「偌久」
		4	細膩 sè-jī	你行路愛細膩的「細膩」
		5	早頓 tsá-tǹg	你有食早頓無的「早頓」
第6大題	A.聽寫拼音	1	四序 sù-sī	代誌做了真四序的「四序」
		2	翕相 hip-siòng	我想欲佮你翕相的「翕相」
		3	褒嗦 po-so	伊誠勢共人褒嗦的「褒嗦」
		4	擎紮 pih-tsah	伊的穿插真擎紮的「擎紮」
		5	各馝 kok-pih	伊彼个人真各馝的「各馝」
	B.聽寫漢字	1	汰衫 thuā-sann	伊用清水洄汰衫的「汰衫」
		2	讀冊 thàk-tsheh	伊不時嘛洄讀冊的「讀冊」
		3	虛華 hi-hua	做人毋通傷虛華的「虛華」
		4	眠床 bîn-tshn̂g	眠床頂舒一領被的「眠床」
		5	豐沛 phong-phài	暗頓誠豐沛的「豐沛」

🎧聽寫練習二：共 **40** 個雙音節語詞，每一個語詞都會唸 **3**
遍。請以聽到的語音，用臺羅拼音書寫。聲調一律用本調
的調符表示，輕聲部分，請用「--」表示。多音節語詞的
音節之間請用「-」表示。🎧

題號	答案	題號	答案
1		21	
2		22	
3		23	
4		24	
5		25	
6		26	
7		27	
8		28	
9		29	
10		30	
11		31	
12		32	
13		33	
14		34	
15		35	
16		36	
17		37	
18		38	
19		39	
20		40	

解答：

題號	答案	題號	答案
1	戲弄 hì-lāng	21	大富 tuā-pù
2	梢聲 sau-siann	22	掛號 kuà-hō
3	鬱卒 ut-tsut	23	相倚 sio-uá
4	閘水 tsàh tsuí	24	現世 hiān-sì
5	予伊 hōo i	25	璇石 suān-tsiòh
6	冤家 uan-ke	26	幼秀 iù-siù
7	頷頸 ām-kún	27	靴管 hia-kóng
8	搵料 ùn-liāu	28	激力 kik-làt
9	娶某 tshuā-bóo	29	厝內 tshù-lāi
10	食薰 tsiàh-hun	30	倚晝 uá-tàu
11	翁婿 ang-sài	31	到位 kàu-uī
12	柴屐 tshâ-kiàh	32	落風 làu-hong
13	盤撋 puânn-nuá	33	清氣 tshing-khì
14	戇呆 gōng-tai	34	鉸刀 ka-to
15	心酸 sim-sng	35	越頭 uàt-thâu
16	行船 kiânn-tsûn	36	擲掉 tàn-tiāu
17	蟧蜈 lâ-giâ	37	癩𰣻 thái-ko
18	敏豆 bín-tāu	38	放冗 pàng-līng
19	樹枝 tshiū-ki	39	厭氣 iàn-khì
20	鎮位 tìn-uī	40	分散 hun-suànn

🎧聽寫練習三：共 **40** 個雙音節語詞，每一個語詞都會唸 **3** 遍。請以聽到的語音，用臺羅拼音書寫。聲調一律用本調的調符表示，輕聲部分，請用「**--**」表示。多音節語詞的音節之間請用「**-**」表示。🎧

題號	答案	題號	答案
1		21	
2		22	
3		23	
4		24	
5		25	
6		26	
7		27	
8		28	
9		29	
10		30	
11		31	
12		32	
13		33	
14		34	
15		35	
16		36	
17		37	
18		38	
19		39	
20		40	

解答：

題號	答案	題號	答案
1	枵鬼 iau-kuí	21	相隨 siong-suî
2	慢且 bān-tshiánn	22	身軀 sin-khu
3	艱鑽 nǹg-tsǹg	23	面熟 bīn-sik
4	跤手 kha-tshiú	24	坉塗 thūn-thôo
5	軟汫 nńg-tsiánn	25	落屎 làu-sái
6	咱人 lán-lâng	26	扭掠 liú-liàh
7	沃花 ak-hue	27	偷拈 thau ni
8	礤冰 tshuah-ping	28	鼎蓋 tiánn-kuà
9	雺霧 bông-bū	29	勥跤 khiàng-kha
10	範勢 pān-sè	30	無彩 bô-tshái
11	斟茶 thîn tê	31	挾咧 giàp--leh
12	拍呃 phah-eh	32	惱死 lóo--sí
13	趨雪 tshu-seh	33	艱苦 kan-khóo
14	愛耍 ài sńg	34	加減 ke-kiám
15	倒反 tò-píng	35	礙虐 gāi-gioh
16	挽花 bán hue	36	柴箍 tshâ-khoo
17	豆乾 tāu-kuann	37	竹篾 tik-hàh
18	閃爍 siám-sih	38	毋通 m̄-thang
19	鑿目 tshàk-bàk	39	趁錢 thàn-tsînn
20	崁跤 khàm-kha	40	譀鏡 hàm-kiànn

聽寫練習四：共 **40** 個雙音節語詞，每一個語詞都會唸 **3** 遍。請以聽到的語音，用臺羅拼音書寫。聲調一律用本調的調符表示，輕聲部分，請用「**--**」表示。多音節語詞的音節之間請用「**-**」表示。

題號	答案	題號	答案
1		21	
2		22	
3		23	
4		24	
5		25	
6		26	
7		27	
8		28	
9		29	
10		30	
11		31	
12		32	
13		33	
14		34	
15		35	
16		36	
17		37	
18		38	
19		39	
20		40	

解答：

題號	答案	題號	答案
1	海湧 hái-íng	21	新款 sin-khuán
2	拄搪 tú-tīg	22	趁早 thàn-tsá
3	翻頭 huan-thâu	23	有閒 ū-îng
4	繚裙 hâ kûn	24	查某 tsa-bóo
5	好喙 hó-tshuì	25	風颱 hong-thai
6	米芳 bí-phang	26	茶甌 tê-au
7	知苦 tsai-khóo	27	目屎 bàk-sái
8	算數 sǹg-siàu	28	家私 ke-si
9	哫人 siânn--lâng	29	人客 lâng-kheh
10	好玄 hònn-hiân	30	拖磨 thua-buâ
11	罔食 bóng tsiàh	31	糞埽 pùn-sò
12	烏枋 oo-pang	32	所費 sóo-huì
13	家婆 ke-pô	33	便所 piān-sóo
14	吞忍 thun-lún	34	捎錢 sa-tsînn
15	囥步 khǹg-pōo	35	遮爾 tsiah-nī
16	外甥 guē-sing	36	中晝 tiong-tàu
17	黜臭 thuh-tshàu	37	唱聲 tshiàng-siann
18	拍拚 phah-piànn	38	姑情 koo-tsiânn
19	少數 tsió-sòo	39	窒車 that-tshia
20	盹龜 tuh-ku	40	揀菜 kíng-tshài

✍聽寫練習五：共 40 個雙音節語詞，每一個語詞都會唸 3 遍。請以聽到的語音，用臺羅拼音書寫。聲調一律用本調的調符表示，輕聲部分，請用「--」表示。多音節語詞的音節之間請用「-」表示。🎧

題號	答案	題號	答案
1		21	
2		22	
3		23	
4		24	
5		25	
6		26	
7		27	
8		28	
9		29	
10		30	
11		31	
12		32	
13		33	
14		34	
15		35	
16		36	
17		37	
18		38	
19		39	
20		40	

解答：

題號	答案	題號	答案
1	殕色 phú-sik	21	攏總 lóng-tsóng
2	空厝 khang tshù	22	落漆 lak-tshat
3	跳舞 thiàu-bú	23	關節 kuan-tsat
4	喙脣 tshuì-tûn	24	陷眠 hām-bîn
5	相舂 sio-tsing	25	囟頭 thīn-thâu
6	漿泔 tsiunn-ám	26	媠氣 suí-khuì
7	收瀾 siu-nuā	27	啉水 lim tsuí
8	扭搦 liú-làk	28	順紲 sūn-suà
9	疼惜 thiànn-sioh	29	後壁 āu-piah
10	瘦田 sán-tshân	30	閒工 îng-kang
11	拗斷 áu-tīg	31	實櫼 tsàt-tsinn
12	挩枋 thuah-pang	32	站節 tsām-tsat
13	形影 hîng-iánn	33	花瓶 hue-pân
14	莫講 mài-kóng	34	鋪路 phoo-lōo
15	雄雄 hiông-hiông	35	花蕊 hue-luí
16	穿衫 tshīng sann	36	曲痀 khiau-ku
17	某囝 bóo-kiánn	37	凝心 gîng-sim
18	夯貨 giâ huè	38	覕雨 bih-hōo
19	奸巧 kan-khiáu	39	刣豬 thâi-ti
20	外口 guā-kháu	40	遐爾 hiah-nī

臺灣閩南語推薦用字700字表（部分不同）
練習卷-A卷

一、請寫出「 」內閩南語漢字之拼音

題號	閩南語漢字	拼音	題號	閩南語漢字	拼音
1	月「娘」		23	鳥「鼠」	
2	後「日」		24	「家」己	
3	替「換」		25	「倒」摔向	
4	「鬱」卒		26	「籠」床	
5	磅「米」芳		27	「鉸」刀	
6	「家」婆		28	「親」像	
7	「瓷」仔		29	「明」仔載	
8	「鎖」匙		30	「當」時	
9	「橫」直		31	「幼」秀	
10	「便」所		32	「慣」勢	
11	「果」子		33	「透」早	
12	杜「蚓」		34	「咒」誓	
13	「蘋」果		35	「法」度	
14	「頷」頸		36	「鼻」俳	
15	姑「情」		37	「蟮」蜅	
16	「翻」頭		38	「港」都	
17	胡「蠅」		39	「今」仔日	
18	「唱」聲		40	思「慕」	
19	「狡」怪		41	「新」婦	
20	「拍」呃		42	「眠」夢	
21	好佳「哉」		43	少「年」	
22	「作」穡		44	「閃」爍	

題號	閩南語漢字	拼音
45	貧「惰」	
46	「保」庇	
47	「數」念	
48	「現」出	
49	「可」比	
50	「下」頦	
51	「心」酸	
52	「寂」寞	
53	「清」氣	
54	「看」覓	
55	「鰇」魚	
56	「當」做	
57	「清」芳	
58	「景」緻	
59	「拍」算	
60	「有」孝	
61	「荏」懶	
62	「後」壁	
63	「毋」但	
64	「嚨」喉	
65	「智」識	
66	「幾」若	
67	「數」想	
68	「陰」鴆	
69	「中」晝	
70	「針」黹	
71	「怨」嘆	

題號	閩南語漢字	拼音
72	「現」世	
73	「烏」暗	
74	「佮」意	
75	「生」份	
76	「昨」昏	
77	「熟」似	
78	「骨」力	
79	「毋」過	
80	「璇」石	
81	「厭」氣	
82	「梢」聲	
83	「培」墓	
84	「癩」哥	
85	「按」怎	
86	「生」成	
87	「人」客	
88	「一」寡仔	
89	「受」氣	
90	「海」湧	
91	「身」軀	
92	「顛」倒	
93	「喙」唇	
94	「定」著	
95	「退」的	
96	「壓」霸	
97	「散」赤	
98	「走」味	

題號	閩南語漢字	拼音
99	「快」活	
100	「風」颱	
101	弓「蕉」	
102	「形」影	
103	「豐」沛	
104	「抑」是	
105	「親」情	

題號	閩南語漢字	拼音
106	「娘」囝	
107	「所」費	
108	「籤」仔店	
109	「徛」鵝	
110	「失」志	
111	「欣」羨	
112	「克」虧	

臺灣閩南語推薦用字700字表
（部分不同）練習卷-B卷

二、請依下列詞彙中「　」內之音讀，寫出閩南語漢字

題號	閩南語拼音	漢字	題號	閩南語拼音	漢字
1	gueh-「niû」		23	「niáu」-tshí	
2	「āu」-jit		24	「ka」-tī	
3	「thè」-uānn		25	「tò」-siàng-hiànn	
4	「ut」-tsut		26	「lâng」-sńg	
5	「pōng」-bí-phang		27	「ka」-to	
6	「ke」-pô		28	「tshin」-tshiūnn	
7	「huî」-á		29	「bîn」-á-tsài	
8	「só」-sî		30	「tang」-sî	
9	「huâinn」-tit		31	「iù」-siù	
10	「piān」-sóo		32	「kuàn」-sì	
11	「kué」-tsí		33	「thàu」-tsá	
12	「tōo」-kún		34	「tsiù」-tsuā	
13	「phōng」-kó		35	「huat」-tōo	
14	「ām」-kún		36	「hiau」-pai	
15	「koo」-tsiânn		37	「tsiunn」-tsî	
16	「huan」-thâu		38	「káng」-too	
17	「hôo」-sîn		39	「kin」-á-jit	
18	「tshiàng」-siann		40	「su」-bōo	
19	「káu」-kuài		41	「sin」-pū	
20	「phah」-eh		42	「bîn」-bāng	
21	「hó」-ka-tsài		43	「siàu」-liân	
22	「tsoh」-sit		44	「siám」-sih	

題號	閩南語拼音	漢字	題號	閩南語拼音	漢字
45	「pîn」-tuānn		72	「hiān」-sì	
46	「pó」-pì		73	「oo」-àm	
47	「siàu」-liām		74	「kah」-ì	
48	「hiàn」-tshut		75	「tshenn」-hūn	
49	「khó」-pí		76	「tsa」-hng	
50	「ē」-hâi		77	「si̍k」-sāi	
51	「sim」-sng		78	「kut」-la̍t	
52	「tsik」-bo̍k		79	「m̄」-koh	
53	「tshing」-khì		80	「suān」-tsió̤h	
54	「khuànn」-māi		81	「iàn」-khì	
55	「jiû」-hî		82	「sau」-siann	
56	「tòng」-tsò		83	「puē」-bōng	
57	「tshing」-phang		84	「thái」-ko	
58	「kíng」-tì		85	「án」-tsuánn	
59	「phah」-sǹg		86	「senn」-sîng	
60	「iú」-hàu		87	「lâng」-kheh	
61	「lám」-nuā		88	「tsit」-kuá-á	
62	「āu」-piah		89	siū-「khì」	
63	「m̄」-nā		90	「hái」-íng	
64	「nâ」-âu		91	sin-「khu」	
65	「tì」-sik		92	「tian」-tò	
66	「kuí」-nā		93	「tshuì」-tûn	
67	「siàu」-siūnn		94	tiānn-「tió̤h」	
68	「im」-thim		95	hia「ê」	
69	「tiong」-tàu		96	「ah」-pà	
70	「tsiam」-tsí		97	sàn-「tshiah」	
71	「uàn」-thàn		98	「tsáu」-bī	

題號	閩南語拼音	漢字
99	「khuìnn」-uàh	
100	「hong」-thai	
101	「kin」-tsio	
102	「hîng」-iánn	
103	「phong」-phài	
104	「àh」-sī	
105	tshin-「tsiânn」	

題號	閩南語拼音	漢字
106	「niû」-kiánn	
107	「sóo」-huì	
108	「kám」-á-tiàm	
109	khi -「gô」	
110	「sit」-tsì	
111	him-「siān」	
112	「khik」-khui	

臺灣閩南語推薦用字700字表（全不同）練習卷-A卷

一、請寫出「　」內閩南語漢字之拼音

題號	閩南語漢字	拼音	題號	閩南語漢字	拼音
1	「陷」眠		23	喙「頓」	
2	清「彩」		24	「磅」子	
3	昨「日」		25	「銑」鍋	
4	「才」調		26	「煠」卵	
5	退「爾」		27	「慢」且	
6	「桸」饢		28	「連」鞭	
7	「家」後		29	「後」生	
8	「蜊」仔		30	「芫」荽	
9	「鎮」位		31	「家」私	
10	「啥」物		32	「蠻」皮	
11	「好」勢		33	「大」官	
12	茶「甌」		34	「冤」家	
13	「粒」仔		35	「歹」勢	
14	「敢」若		36	「袂」當	
15	「古」意		37	「凍」霜	
16	「煏」空		38	「無」彩	
17	佗「位」		39	「阿」妗	
18	「咳」啾		40	尻「脊」	
19	「盤」撋		41	「覕」相揣	
20	「漉」喙		42	「會」當	
21	「隨」在		43	厭「癖」	
22	「囡」仔		44	「兒」頭	

題號	閩南語漢字	拼音
45	啄「龜」	
46	「日」時	
47	「椅」條	
48	「張」持	
49	「垃」圾	
50	「費」氣	
51	「扭」搦	
52	「蚶」仔	
53	「塗」跤	
54	「尪」仔	
55	「刁」工	
56	「猶」原	
57	「頭」路	
58	「鑿」目	
59	「呵」咾	
60	「海」海	
61	「討」債	
62	「水」雞	
63	「磅」空	
64	「遮」爾	
65	「凡」勢	
66	「諏」鏡	
67	「青」盲	
68	「鑢」鼎	
69	「翁」婿	
70	「粉」鳥	
71	「焄」路	

題號	閩南語漢字	拼音
72	「擎」紮	
73	胭「脂」	
74	「阿」姆	
75	「斟」酌	
76	「代」誌	
77	「創」治	
78	「查」某	
79	「四」界	
80	「艱」苦	
81	「這」馬	
82	「冗」剩	
83	「雄」雄	
84	「干」焦	
85	「扭」掠	
86	「露」螺	
87	「尻」川	
88	「範」勢	
89	「糞」埽	
90	「查」埔	
91	「散」食	
92	「圊」洗	
93	「做」伙	
94	「雜」唸	
95	「規」氣	
96	「緣」投	
97	「序」大	
98	「古」錐	

題號	閩南語漢字	拼音
99	「盹」龜	
100	「按」呢	
101	礙「虐」	
102	「見」若	
103	「蠟」蜞	
104	定「定」	
105	「假」勢	

題號	閩南語漢字	拼音
106	「目」屎	
107	「勞」力	
108	爍「爁」	
109	「大」家	
110	「站」節	
111	「勇」健	
112	「退」的	

臺灣閩南語推薦用字700字表（全不同）
練習卷-B卷

二、請依下列詞彙中「　」內之音讀，寫出閩南語漢字

題號	閩南語拼音	漢字	題號	閩南語拼音	漢字
1	hām-「bîn」		23	「tshuì」-phué	
2	「tshìn」-tshái		24	「pōng」-tsí	
3	「tsȯh」--jit		25	「sian」ue	
4	「tsâi」-tiāu		26	「sȧh」nn̄g	
5	「hiah」-nī		27	「bān」-tshiánn	
6	iau-「sâi」		28	「liâm」-mi	
7	「ke」-āu		29	「hāu」-senn	
8	「lâ」-á		30	iân-「sui」	
9	「tìn」-uī		31	「ke」-si	
10	「siánn」-mih		32	「bân」-phuê	
11	「hó」-sè		33	「ta」-kuann	
12	「tê」-au		34	「uan」-ke	
13	「liȧp」-á		35	「pháinn」-sè	
14	「ká」-ná		36	「bē」-tàng	
15	「kóo」-ì		37	「tàng」-sng	
16	「piak」-khang		38	bô-「tshái」	
17	「tó」-uī		39	「a」-kīm	
18	kha-「tshiùnn」		40	「kha」-tsiah	
19	「puânn」-nuá		41	bih-「sio」-tshuē	
20	「lȯk」-tshuì		42	「ē」-tàng	
21	「suî」-tsāi		43	「ià」-siān	
22	「gín」-á		44	「thiám」-thâu	

題號	閩南語拼音	漢字	題號	閩南語拼音	漢字
45	「tok」-ku		72	「pih」-tsah	
46	「jit」--sî		73	ian-「tsi」	
47	í-「liâu」		74	「a」-ḿ	
48	「tiunn」-tî		75	「tsim」-tsiok	
49	「lah」-sap		76	「tāi」-tsì	
50	「huì」-khì		77	「tshòng」-tī	
51	「liú」-làk		78	「tsa」-bóo	
52	「ham」-á		79	「sì」-kè	
53	「thôo」-kha		80	「kan」-khóo	
54	「ang」-á		81	tsit-「má」	
55	「thiau」-kang		82	「liōng」-siōng	
56	「iu」-guân		83	「hiông」-hiông	
57	「thâu」-lōo		84	「kan」-na	
58	「tshàk」-bàk		85	「liú」-liàh	
59	o-「ló」		86	「lōo」-lê	
60	hái-「hái」		87	「kha」-tshng	
61	「thó」-tsè		88	「pān」-sè	
62	「tsuí」-ke		89	pùn-「sò」	
63	pōng-「khang」		90	「tsa」-poo	
64	「tsiah」-nī		91	sàn-「tsiàh」	
65	「huān」-sè		92	「khau」-sé	
66	「hàm」-kiànn		93	「tsò」-hué	
67	「tshenn」-mê		94	tsàp-「liām」	
68	「lù」tiánn		95	kui-「khì」	
69	ang-「sài」		96	「ian」-tâu	
70	「hún」-tsiáu		97	sī-「tuā」	
71	「tshuā」-lōo		98	「kóo」-tsui	

題號	閩南語拼音	漢字	題號	閩南語拼音	漢字
99	「tuh」-ku		106	「bảk」-sái	
100	「án」-ne		107	「lóo」-làt	
101	gāi-「giòh」		108	「sih」-nah	
102	「kiàn」-nā		109	ta-「ke」	
103	「lâ」-giâ		110	「tsām」-tsat	
104	「tiānn」-tiānn		111	ióng-「kiānn」	
105	ké-「gâu」		112	「hia」--ê	

臺灣閩南語推薦用字700字表（入聲）
練習卷-A卷

一、請寫出「 」內閩南語漢字之拼音

題號	閩南語漢字	拼音	題號	閩南語漢字	拼音
1	「捋」仔		23	「日」時	
2	頂「屜」		24	「揀」做堆	
3	「壓」霸		25	斟「酌」	
4	「揆」破		26	「昨」日	
5	擲「扐」挵		27	「卡」牢咧	
6	「掣」頭毛		28	「甘」蔗粕	
7	敆「索」仔		29	礙「虐」	
8	「出」世		30	毋「捌」	
9	白「煠」		31	「鑿」目	
10	「覕」相揣		32	「克」虧	
11	一「橛」甘蔗		33	「臆」出出	
12	璇「石」		34	「落」車	
13	拍「呃」		35	「躡」跤尾	
14	「橐」袋仔		36	快「活」	
15	扭「掠」		37	人「客」	
16	「寂」寞		38	「欲」知	
17	「歇」涼		39	「疶」屎	
18	「億」講		40	後「壁」	
19	爍「爁」		41	尻「脊」骿	
20	「鰗」仔魚		42	「敕」水	
21	「蓋」被		43	「入」被	
22	「啄」龜		44	「作」穡	

題號	閩南語漢字	拼音	題號	閩南語漢字	拼音
45	「搌」紙		72	「挩」窗	
46	「誓」嗽		73	「讀」冊人	
47	「遏」甘蔗		74	「鋏」仔	
48	袂磕「得」		75	手「液」	
49	「黜」臭		76	「盹」龜	
50	「食」薰		77	毋「過」	
51	「攑」箸		78	「閘」水	
52	燒「熱」		79	「熟」似	
53	相「借」問		80	「擘」柑仔	
54	「實」鼻		81	「煏」油	
55	「攑」頭		82	「踅」街	
56	碌「硞」馬		83	齒「戳」	
57	閃「爍」		84	雨「霎」仔	
58	「窒」車		85	關「節」	
59	「軟」奶		86	「垃」圾	
60	「漉」喙		87	「粟」鳥仔	
61	「煞」戲		88	翕「熱」	
62	「刺」膨紗		89	「曷」使	
63	「拍」尻川		90	「茉」莉花	
64	「落」漆		91	「迌」迌	
65	「翕」相		92	「夾」菜	
66	柴「屐」		93	水「觳」仔	
67	「沃」雨		94	「抑」是	
68	「蛾」仔		95	啥「物」	
69	「鬱」卒		96	歹扭「搦」	
70	「抾」捔		97	淡「薄」仔	
71	作「穡」人		98	「月」娘	

題號	閩南語漢字	拼音
99	袂記「得」	
100	「杙」仔	
101	竹「箸」	
102	橫「直」	
103	「捯」電鈴	
104	「雜」唸	
105	「這」陣	

題號	閩南語漢字	拼音
106	「合」軀	
107	散「赤」	
108	挾「咧」	
109	無「法」度	
110	跙「一」倒	
111	毋「著」	
112	菜「礤」	

臺灣閩南語推薦用字700字表（入聲）
練習卷-B卷

二、請依下列詞彙中「 」內之音讀，寫出閩南語漢字

題號	閩南語拼音	漢字	題號	閩南語拼音	漢字
1	「luàh」-á		23	「jit」--sî	
2	tíng-「thuah」		24	「sak」-tsò-tui	
3	「ah」-pà		25	tsim-「tsiok」	
4	「tùh」--phuà.		26	「tsòh」--jit	
5	tàn-「hiat」-kàk		27	「khàh」-tiâu--leh!	
6	「tshuah」thâu-mn̂g		28	「kam」-tsià-phoh	
7	tháu「soh」-á		29	ngāi-「giòh」	
8	「tshut」-sì		30	m̄「bat」	
9	pèh-「sàh」		31	「tshàk」-bàk	
10	「bih」-sio-tshuē		32	「khik」-khui	
11	tsit「kuèh」kam-tsià		33	「ioh」-tshut-tshut	
12	suān-「tsiòh」		34	「lòh」-tshia	
13	phah-「eh」		35	「nih」-kha-bué	
14	「lak」-tē-á		36	khuìnn-「uàh」	
15	liú-「liàh」		37	lâng-「kheh」	
16	「tsik」-bòk		38	「beh」-tsai	
17	「hioh」-liâng		39	「tshuah」-sái	
18	「oh」kóng		40	āu-「piah」	
19	sih-「nah」		41	kha-「tsiah」-phiann	
20	「but」-á-hî		42	「suh」tsuí	
21	「kah」-phuē		43	「jip」phuē	
22	「tok」-ku		44	「tsoh」-sit	

題號	閩南語拼音	漢字	題號	閩南語拼音	漢字
45	「jiȯk」tsuá		72	「thuah」-thang	
46	「teh」-sàu		73	「thȧk」-tsheh-lâng	
47	「at」kam-tsià		74	「giap」-á	
48	buē-khȧp--「tit」		75	tshiú-「sióh」	
49	「thuh」-tshàu		76	「tuh」-ku	
50	「tsiȧh」-hun		77	m̄-「koh」	
51	「giȧh」tī		78	「tsȧh」tsuí	
52	sio-「juȧh」		79	「sik」-sāi	
53	sio-「tsioh」-mn̄g		80	「peh」kam-á	
54	「tsȧt」-phīnn		81	「piak」-iû	
55	「giȧh」-thâu		82	「séh」-ke	
56	lȯk-「khȯk」-bé		83	khí-「thok」	
57	siám-「sih」		84	hōo-「sap」-á	
58	「that」-tshia		85	kuan-「tsat」	
59	「suh」ling		86	「lah」-sap	
60	「lȯk」-tshuì		87	「tshik」-tsiáu-á	
61	「suah」-hì		88	hip-「juȧh」	
62	「tshiah」-phòng-se		89	「ȧh」-sái	
63	「phah」-kha-tshng		90	「bȧk」-nī-hue	
64	「lak」-tshat		91	「tshit」-thô	
65	「hip」-siōng		92	「ngeh」tshài	
66	tshâ-「kiȧh」		93	tsuí-「khok」-á	
67	「ak」-hōo		94	「iȧh」-sī	
68	「iȧh」-á		95	siánn-「mih」	
69	「ut」-tsut		96	pháinn-liú-「lȧk」	
70	「khioh」-kȧk		97	tām-「pȯh」-á	
71	tsoh-「sit」-lâng		98	「guȧh」-niû	

題號	閩南語拼音	漢字
99	bu -kì-「tit」	
100	「khit」-á	
101	tik-「hảh」	
102	huâinn-「tit」	
103	「tshih」 tiān-lîng	
104	「tsảp」-liām	
105	「tsit」-tsūn	

題號	閩南語拼音	漢字
106	「hảh」-su	
107	sàn-「tshiah」	
108	giảp--「leh」	
109	bô-「huat」-tōo	
110	tshū「tsit」tó	
111	m̄-「tiỏh」	
112	tshài-「tshuah」	

第十講
閱讀篇章

以下閱讀篇章，以拼音爲主、漢字爲輔，盡量先閱讀拼音，再看漢字，以能練習閱讀拼音爲主。

Khí-ke-tshù Ông Siù-iông
起家厝 王秀容

Lâng kóng-guá ná ē hiah gâu tshut-gia̍p bô kuí tang tsiah jī la̍k huè
人 講 我哪會遐 勢，出 業 無幾 冬，才二六 歲

tō ū tsâi-tiāu tī Tâi-pak bé sin-tshù jī káu huè tō tuà ti sin-tshù. Ná-ū
就有才 調 佇 臺北 買 新厝，二九 歲 就 蹛佇 新厝。哪有

siūnn hiah-tsē --leh To kan-na siūnn-beh kín uân-sîng guá ê bāng. Tsū
想 遐濟 咧？都 干焦 想欲 緊 完成 我的夢。自

sè-hàn guá tō tsiok siūnn-beh ū ka-kī ê tshù. Gún tau it-ti̍t tuà tsi̍t kuānn
細漢 我就 足 想 欲 有家己的厝。阮 兜 一直 蹛 一 捾

lâng ū guā-kong guā-má a-bú gún sì ê hiann-tī-tsí-muē-á sann-kū
人，有 外公 、外媽 、阿母、阮 四个 兄弟姊妹仔、 三舅、

sì-kū ū tsi̍t-tsām-á koh kā tsi̍t king pâng-king suè tshut-khì tàu póo-thiap
四舅，有 一站仔 閣 共 一 間 房間 稅 出去 鬥 補貼

tshù--lí ê khai-siau Sann lâu-bué-tíng ū ke tah thih-tshù m̄-koh lâng
厝 裡的 開銷。 三 樓尾頂 有 加搭 鐵厝，毋過 人

siunn tsē siunn tsa̍t-tsinn guá bô kah-ì Ná ē lóng bô sîng gín-á-kua
傷 濟，傷 實櫼， 我 無 佮意。哪會 攏 無 成 囡仔歌

Tinn-bi̍t ê Ka-tîng lāi-té tshiùnn ê tsing-kiat bi-buān iū an-khng Guá
〈甜蜜的家庭〉 內底 唱的 『整潔美滿又安康』。 我

khì tông-ha̍k in tau sńg　guá khuànn lâng khuán kah hiah-nī hó　tō khai-sí
去　同學　個兜耍，我　看　人　款　甲　遐爾　好，就開始

ū ǹg-bāng　M̄-koh ài to ài　bô tsînn to bē-sai
有向望。毋過　愛都愛，無　錢　都　袂使。

　　Tāi-ha̍k ê sî　　in-uī ū tī ha̍k-hāu kang tho̍k　koh kiam kuí-nā ê
　　大學 的時，因為有佇　學校　工　讀，閣　兼　幾若 个

ka-kàu　guá khai-sí khiām-tsînn　Hit-tang-tsūn hām gún tsa-poo pîng-iú
家教，我　開始　儉錢。　彼當陣　和　阮　查埔　朋友

mā kau-óng sì tang--ah i　gián-kiù-sóo pit-gia̍p tsò gián-kiù tsōo-lí ū
嘛　交往 四　冬矣，伊　研究所　畢業　做　研究　助理 有

sin-suí　koh gún lóng láu-si̍t lâng　gún tsò-hué--khí-lâi sūn sūn á　mā ū
薪水，閣　阮　攏　老實 人，阮　做伙起來　順順仔，嘛有

kiat-hun ê phah-sǹg　m̄-tsiah hó-sè tsio i tsò-hué khiām-tsînn　kiò i ta̍k kò
結婚 的　拍算，　毋才 好勢 招伊 做伙　儉錢　，叫伊逐 個

gue̍h tshut tsit-bān guá tshut gōo-tshing　í-āu thang bé tshù　Gún 83　nî
月　出　一萬，我　出　五千　，以後 通 買 厝。阮 83 年

sin-li̍k guân-tàn tshiánn lâng tsia̍h hí-toh　guá tī Tâi-tiong tha̍k-tsheh　nā
新曆 元旦　請　人　食 喜桌，我 佇　臺中　讀冊，若

ká--ji̍t lâi Tâi-pak　tō ē ke-kiám-á khì khuànn tshù　suah jú khuànn jú
假日 來　臺北，就會 加減仔 去　看　厝，煞 愈　看 愈

kuì lo̍h-bué sī bé siōng kuì ê　Thiann-kóng tshù ē tshuē tsú-lâng　guá mā
貴，落尾 是 買　上貴的。　聽講　厝會 揣　主人，我　嘛

kám-kak tsiok kî-kuài ê　gún ang ê lak-tē-á pîng-siông-sî kan-na ē tē
感覺　足　奇怪的，阮　翁 的橐袋仔 平常時　干焦 會袋

pn̄g tsînn niā-niā　mā m̄-tsai hit kang i khah ē tē tsit-bān khoo tī khòo-tē-á
飯錢　爾爾，嘛 毋知 彼　工伊 盍 會袋 一萬　箍 佇褲袋仔，

ná tán beh tīng gún ê khí-ke-tshù
若 等　欲 訂 阮的 起家厝　。

　　Gún kíng tī Tsìng-tī tāi-ha̍k ê pinn--á　in-uī tsit-ê siā-khu hōo tuā-sè
　　阮　揀 佇　政治大學　的　邊仔，因為這个　社區　予 大細

king hȧk-hāu pau tiâu--leh　Hit-tsūn guán koh khuànn-tiȯh pȯh-līng-si tī
間　學校　包　牢咧。彼陣　阮　閣　看著　　白翎鷥　佇

tsìng-tāi hȧk-sing hō ê　Tsuì bāng khe　pue-lâi-pue-khì　guá khuànn-tiȯh
政大　學生　號的「醉夢溪」　飛來飛去　，我　　看著

tôo-su-kuán　i khuànn-tiȯh nâ-kiû tiûnn　gún bē-su tsiȧh-tiȯh
圖書館，伊　看著　　籃球場　，阮　袂輸　食著

bê-iȯh-á--leh　bô hainn puànn siann tō kā tsit-bān khoo kuai kuai á
迷藥仔咧，無　哼　半　聲就共　一萬　箍　乖乖仔

jîm--tshut-lâi　Tńg-khì kàu tshù　tsiah tsing-sîn kuè-lâi　siūnn-tiȯh guá teh
撏出來　。　轉去　到　厝，才　精神　過來，　想著　我　咧

thȧk-tsheh bô sin-suí　i tsit tang ê sin-suí　lóng khai tī tshiânn-keh in
讀冊　無　薪水，伊這　多的　薪水　攏　開佇　成格　個

tsng-kha ê tshù　gún tsìn-tsîng tsò-hué khiām-ê kah guá kà tsit tang ê
庄跤　的厝，阮　進前　做伙　儉的　佮我教一　多的

sin-suí　lóng thȧh tshut-lâi tsò ké phìng-kim koh pān sì thuann hí toh
薪水，攏　提　出來　做假　聘金　閣　辦四　攤　喜桌，

m̄-nā khai ta-khì--ah koh tó liáu　tāi-khuán ná lȧp ē khí
毋但　開　焦去矣　閣　倒　了。　貸款　哪　納　會起？

　I-tī tâi-pak siōng-pan　guá bô kuán i tsînn án-tsuánn phah-sǹg　guá
伊佇　臺北　上班　，我　無　管伊錢　按怎　拍算，我

tī tâi-tiong ná thȧk gián-kiù-sóo ná kiam ka-kàu　bô hōo--i tshī　bô kā thȧh
佇　臺中　那　讀　研究所　那　兼　家教，　無予伊飼，無共　提

puànn înn　Tsia lóng sè-tiâu ê　m̄-koh bé-tshù sī tuā-tiâu--ê neh! Tsit-bān
半　圓。遮　攏　細條的，毋過　買厝是　大條的　呢！　一萬

khoo mā tsiok tuā　tiâu ê lah　Gún kiann tiānn-kim bô--khì　tō iang gún
箍　嘛足　大條的　啦！阮　驚　定金　無去，就央　阮

tuā-tsí tuì tâi-lâm khí--lâi tàu thâi-kè　Thiann-kóng gún tsia tē-tiám hó　bē
大姊　對　臺南　起來　鬥　刣價。　聽講　阮遮　地點好，賣

tshù ê lâng kui-tīn lóng ka-kī ū bé　tiau-kang teh kíng tshù-pinn　khuànn
厝的人　規陣　攏　家己有買，刁工　咧揀　厝邊，　看

gún kóo-ì khì-tsit tsán　tsò lāu-su tan-sûn　tō siȯk lȧk-tsȧp-tshit bān
阮　古意、氣質讚、　做　老師　單純，就　俗　六十七　萬

hōo gún　Uī-tiòh beh síng gōo-bān　gún tō uì tsàp it lâu kàng lòh-khì
予阮。　爲著　欲　省　五萬，阮就對　十一樓　降　落去

tsit-má ê káu lâu
這馬 的 九　樓。

　　83 nî hit tang ài tuè kang-tîng ê tsìn-tōo làp tsînn　pháng bē kuè-lâi
　　83 年彼　冬 愛綴　工程　的　進度　納　錢，紡　袂　過來

ū kā tuā-koo-á tsioh sì-tsàp-tshit bān　84 nî 8 guèh guá hòk-tsit khai-sí
有共　大姑　仔 借　　四十七　萬，84 年 8　月　我　復職　開始

niá sin-suí　bô kuí tang tō kuà lī-sik hîng--i-ah　Ā-koh it-tit kàu-tann gún
領　薪水，無幾　冬　就 掛　利息　還伊矣。　毋過　一直　到今　阮

gōng ang lóng kóng tshù sī in tuā-tsí　bé-hōo--gún ê　　Tsiok siūnn-beh kā
戇　翁　攏　講　厝 是個　大姊「買予阮的」。　足　　想欲　共

tsing--lòh　Sit-tsāi tsiok uàn-thàn　Guá khiām tsiàh　khiām tshīng　hîng
春落。　實在　足　　怨嘆。　我　儉　食、儉　穿、還

tāi-khuán　i kám-sī tshenn-mê　Siōng iàn-khì ê sī 86 nî 6 guèh 20 puann
貸款，伊 敢是　青盲？上　厭氣 的是 86 年 6　月　20　搬

sin -tshù ê sî　　i ngē beh kiò guá puah tsit king hōo in guē-sing-á　tsit
新　厝 的時，伊硬　欲　叫 我　撥　一　間 予 個　外甥仔，一

king hōo in sann tsé　m̄-tsai teh siūnn siánn　Guá kò-sìng hó　m̄-koh m̄-sī
間　予個　三姊，毋知　咧　想　　啥？我　個性　好，毋過 毋是

bô su-khó　uī-tiòh guá tsit-sì-lâng ê bāng　uī-tiòh tshī gín-á ê khuân-kíng
無　思考，爲著　我　一世人 的夢，爲著　飼　囡仔的　環境　，

guá thâu-pái uī ka-kī khòng-tsing　tsiok bô-nāi tī ǹg-bāng hīng-hok ê
我　頭擺 爲家己　抗爭　，足　無奈 佇 向望　幸福 的

khí-ke-tshù khí-uan-ke　m̄-koh kàu-tann guá iû-guân tsū-sìn pah hun tsi
起家厝　起冤家，毋過　到今　我　猶原　自信　百　分 之

tsit-tshian-bān sī tiòh ê
一千萬　　是 著的。

Guán a-bú sī Thài-khong lâng
阮阿母是太空人

Png Iāu-khiân
方耀乾

Tsit kiú liòk kiú nî tshit guèh jī-tsàp jit	一九六九年七月二十日
Armstrong	阿姆斯壯
Tshīng thài-khong sann	穿太空衫
Phāinn Ióng-khì-tâng	揹氧氣筒
Kiânn tī guèh-niû tíng-bīn	行佇月娘頂面
Kóng tshut kiann-thinn-tāng-tē ê uē:	講出驚天動地的話：
『Sui-jiân sī guá ê tsit sió pōo	『雖然是我的一小步
M̄-kòh, sī jîn-luī ê tsit tuā pōo』	毋過，是人類的一大步』
Tsū hit-tsūn khai-sí, guá tō àm àm	自彼陣開始，我就暗暗
Tsíng tsit-ê bāng	種一個夢
Ńg-bāng tsò tsit-ê Thài-khong lâng	向望做一個太空人
Jī-tsàp peh tang āu	二十八冬後
Guá ê bāng	我的夢
Bô pū-ínn	無孵穎
Bô tìng-kin	無釘根
Guán a-bú suah piàn-sîng Thài-khong lâng	阮阿母煞變成太空人
Mā tshīng Thài-khong sann	嘛穿太空衫
Mā phāinn Ióng-khì-tâng	嘛揹氧氣筒
Guèh-niû piàn tsò pēnn-pâng	月娘變做病房
I tsit sió pōo mā bô puànn pōo	伊一小步嘛無半步
Bián-kóng sī tsit tuā pōo	免講是一大步
Tsit-tsūn guá koh tsài	這陣我閣再
Tsíng tsit-ê bāng	種一個夢
Ńg-bāng guán a-bú mài tsò Thài-khong lâng	向望阮阿母莫做太空人

Jī-tshiú tsheh ê tsîng phue　Sió-siânn Lîng-tsú
二手冊的情批　　　　　　小城綾子

Bô tiunn-tî	無張持
Khuànn-tiȯh lí ê kuè-khì	看著你的過去
Tsai-iánn lí ê pì-bıt	知影你的秘密
Tī tsit-ê líng-líng ê lȯh-hōo mî	佇這個冷冷的落雨暝
Thang-á guā	窗仔外
Guȇh-niû tsáu-khì bih	月娘走去覕
Khuànn-bô thinn-tshenn siám-sih	看無天星閃爍
Tsí-ū sap-sap-á hōo lȯh bē lī	只有霎霎仔雨落袂離
Huán n̂g ê tsheh-phuê	反黃的冊皮
Siá tiȯh lí senn-hūn ê miâ-jī	寫著你生份的名字
Hian khui ê tsheh iȧh	掀開的冊頁
Giȧp tsıt-tiunn bô kià tshut ê	挾一張無寄出的
Kuè-kî ê siunn-si	過期的相思
Jī-tshiú tsheh ê tsîng-phue	二手冊的情批
Kiò-tshénn guá ê kì-tî	叫醒我的記持
Siūnn-khí hit tong-sî	想起彼當時
Ū uē m̄-kánn kóng tshut tshuì	有話毋敢講出喙
Siunn-si khik tsò jī	相思刻做字
Beh kià bô tsū-tsí	欲寄無住址
Tsí-ū thau thau tshàng sim-lāi	只有偷偷藏心內
Tsiânn-tsò tsit siú bô giân si	成做一首無言詩

Tshiu-thinn ah   Ông-Lô Bi̍t-to
秋天啊　　　　　王羅蜜多

Lí tsiong	你將
Tsái-khí ê hong-siann thí kah po̍h-lî-si	早起的風聲褫甲薄縭絲
Kā ngóo āu ê un-luán tsián kah iù-mī-mī	共午後的溫暖剪甲幼麵麵
Hāi guán ê iu-ut khùn bē khì	害阮的憂鬱睏袂去
Guán tsí-hó tsí-hó ……	阮只好只好……
Iōng tsi̍t-phiat tsi̍t-phiat ê gán-kong	用一瞥一瞥的眼光
Kā lí suí suí ê ai-tshiû uē tsiūnn thinn	共你媠媠的哀愁畫上天
Tshiu-thinn ah, sui-jiân lí ê bīn-tshiunn	秋天啊，雖然你的面腔
Sī it-phiàn koo-ta	是一片枯焦
Guán tshián tshang ê ji̍t-tsí	阮淺蔥的日子
Guân-tsāi ì mî-mî	原在意綿綿

Tîn-á hue　Tsng Ngá-bûn
藤仔花　　莊雅雯

Siàu-liām	數念
Iân tiȯh tshiûnn-á liâu-liâu-á suan	沿著牆仔聊聊仔旋
Suan tsiūnn kuân-kuân ê mn̂g tíng kah tshù bué	旋上懸懸的門頂佮厝尾
Piàn-tsò tsı̍t-pha tsı̍t-pha ê tshing-giân-bān-gí	變做一葩一葩的千言萬語
Tī hong tiong khin-khin-á iô-bué	佇風中輕輕仔搖尾
Hîng-thé tshin-tshiūnn guá	形體親像我
Muá-pak siūnn-beh tuì lí kóng ê uē	滿腹想欲對你講的話
Lí kám ū siu-tiȯh guá ê phue?	你敢有收著我的批？
M̄-kam tuè hong-tshue	毋甘綴風吹
Siàu-liām sì-kè pue	數念四界飛
Un-jiû tsû-ài	溫柔慈愛
Guá bô tē thang tsáu-tshuē	我無地通走揣
Lî-ko hīnn pinn kuè	驪歌耳邊過
Tsiam ui sim-thiànn tînn tshiū-ue	針搣心疼纏樹椏
Lí iû-guân bô-siann-bô-sueh	你　猶原無聲無說
Mn̂g tshiûnn tíng ê tîn-á-hue	門牆頂的藤仔花
Iōng bô-mê-bô-jı̍t ê khuànn-kòo	用無暝無日的看顧
Bı̍t--lȯh-khì guá ê sim-kuann té	密落去我的心肝底
Kám-sī	敢是
Lí iōng hún hún iù iù ê hue-luí	你用粉粉幼幼的花蕊
Beh thok guá	欲託我
Bāng-tiong ê siong-huē?	夢中的相會？

Phòng-piánn muâ-iû nn̄g

膨餅麻油卵

Tsng Ngá-bûn

莊雅雯

Thinn-khì khai-sí piàn liâng, siūnn beh tsiàh tsit-kuá-á muâ-iû, tsit-sî siūnn-bô muâ-iû beh tsú siánn, ē-tàng tsú ê liāu-lí sit-tsāi sī thài tsē--ah, muâ-iû mī-suànn, muâ-iû ti-kuann, muâ-iû ti-sim, muâ-iû io-tsí, muâ-iû ke pn̄g .... Jip tshiu liáu-āu, sam-put-gōo-sî tióh ē phīnn-tióh ū-lâng tsú muâ-iû ê phang-bī, iû-kî tuà tī kong-gū, tshù-pinn keh-piah, sīm-tsì pat tòng ê lâng tsú siánn-huè, phīnn bī tō tsai. Tshiūnn tsú muâ-iû tsit-tsióng phang kah tsáu bô-lōo ê khì-bī, tsóng--sī hōo-lâng kám-kak tsin hīng-hok.

天氣開始變涼，想欲食一寡仔麻油，一時想無麻油欲煮啥，會當煮的料理實在是太濟矣，麻油麵線、麻油豬肝、麻油豬心、麻油腰子、麻油雞飯……。入秋了後，三不五時著會鼻著有人煮麻油的芳味，尤其蹛佇公寓，厝邊隔壁、甚至別棟的人煮啥貨，鼻味就知。像煮麻油這種芳甲走無路的氣味，總是予人感覺真幸福。

Tsū sè-hàn guá tuì muâ-iû tsú ê liāu-lí tō tsiok ū lōo ê, tsò tsa-bóo gín-á ê sî, kuânn-thinn bú--á tō tshiâng tsú, it-tit kàu guá tsò-lâng lāu-bú, i kāng-khuán siūnn--tiòh tō tsú, kiò guá tńg-khì tsiàh. Ū muâ-iû thang tsiàh tō sǹg-sī puànn-mê kiò guá, guá mā ē suî tsông-khì! hōo kuânn --lâng put-sî kha-bué tshiú-bué líng-ki-ki ê guá ka-thiam tsit-kuá un-luán.

自細漢我對麻油煮的料理就足有路的，做查某囡仔的時，寒天母仔就常煮，一直到我做人老母，伊全款想著就煮，叫我轉去食。

有麻油通食就算是半暝叫我，我嘛會隨從去！予寒人不時腳尾手尾冷吱吱的我加添一寡溫暖。

Tsîng nng--jit-á tī FB tíng-kuân khuànn-tiòh pîng-iú PO--khí-khì ê tsit-tiunn siòng-phìnn, kìng-jiân sī phòng-piánn muâ-iû nng. Tsit hāng kiōng beh bē-kì--tit ê tshuì-tsiàh-mih-á, iū-koh tī guá ê kì-tî tiong phû--tshut-lâi. Bāng-iú tuì tsit-hāng mih-kiānn kám-kak tsiânn hi-kî, sio-tsenn mng khuànn sī ài án-tsuánn tsú, pîng-iú hōo-lâng mng kah huân, tō tsiong siòng-phìnn kah tsok-huat tâng-tsê PO--khí-khì, suî lâng khì pìnn-khuànn-māi. Khuànn-tiòh he siòng-phìnn, kan-na "phoh-sit" nng jī ē-tàng hîng-iông. Bô siánn hue-iūnn, sik-tsuí iā bô tshinn, kan-na sī tsit-tè kán-tan ê tsian nng-piánn niā-niā.

前二日仔佇 FB 頂懸看著朋友 PO 起去的一張相片，竟然是膨餅麻油卵。這項強欲袂記得的喙食物仔，又閣佇我的記持中浮出來。網友對這項物件感覺誠稀奇，相爭問看是愛按怎煮，朋友予人問甲煩，就將相片佮作法同齊 PO 起去，隨人去變看覓。看著彼相片，干焦「樸實」兩字會當形容。無啥花樣，色水也無鮮，干焦是一塊簡單的煎卵餅爾爾。

Bô-ì-tiong kah pîng-iú khai-káng ê sî, kóng-tiòh khah-tsá guá tshiâng tsiàh phòng-piánn muâ-iû nng, tsok-huat kah i ê ū sió-khuá bô-kâng. Pîng-iú hònn-hiân, ngē lû guá tsú hōo tsiàh khuànn ū siánn bô-kāng, bē-kham-tit i ngē sí koo-tsiânn, tsí-hó bián-kióng tah-ìng. Khui-hué, jiàt-tiánn, kā nng-phìnn-á kiunn-bó tshiat hōo iù-

iù, phòng-piánn liàh-thán-huâinn phuà-pîng, tsún-pī, tó tsit-tiám-á
muâ-iû lòh-tiánn hōo jiàt, iù-iù ê kiunn-bó tsit hē lòh- tiánn, phang-
bī tō tshìng--tshut-lâi, phang kah tsáu bô-lōo. Khà nng-liàp thóo-
ke-á nng lòh--khì, tsiong pênn-ê, ū thng-ê hit-pîng khàm tī nng tíng-
kuân, bûn-bûn-á hué tsian tsit--ē, píng-pîng, koh-tsài tsiong phòng
ê hit-pîng koh khàm--khí-khì, sió tshih hōo pínn, iōng sió-hué ûn-
ûn-á kah soo, sió soo --tsit-ē-á, píng-pîng tsian--tsit-tiám-mi-á, bián
kuí hun-tsing, phang kah hōo-lâng ē lâu tshuì-nuā ê phòng-piánn
muâ-iû nng tō tsian-hó--ah.

　　無意中佮朋友開講的時，講著較早我常食膨餅麻油卵，作法佮
伊的有小可無全。朋友好玄，硬拎我煮予食看有啥無全，袂堪得伊
硬死姑情，只好勉強答應。開火、熱鼎，共兩片仔薑母切予幼幼，
膨餅掠坦橫破爿、準備，倒一點仔麻油落鼎予熱，幼幼的薑母一
下落鼎，芳味就衝——出來，芳甲走無路。敲兩粒土雞仔卵落去，
將平的、有糖的彼爿崁佇卵頂懸，文文仔火煎一下、反爿，閣再將
膨的彼爿閣崁起去，小揤予扁，用小火勻勻仔甲酥，小酥——一下
仔，反爿煎一點鞭仔，免幾分鐘，芳甲予人會流喙瀾的膨餅麻油卵
就煎好矣。

　　Tsiah-nī kán-tan ê mih-kiānn kìng-jiân sī hiān-tshú-sî bāng-lōo
tíng-kuân siōng sî-kiânn, siōng-kài tshìng ê kóo-tsá mih-á, sī án-
tsuánn ē hiah tshìng? Sian siūnn tō siūnn-bô. Tuì Hú-siânn-lâng lâi
kóng, phòng-piánn muâ-iû nng m̄-sī siánn-mih kî-khá ê mih-kiānn,
tsí-sī tsá-khí guèh-lāi lâng ê tiám-sim niā-niā. Kóng lâi, jú kán-tan ê
mih-kiānn jú sī kóo-tsá-bī, hiān-tāi-lâng jú kám-kak sin-hing. Guá

mā kám-kak tsò tsit-ê Hú-siânn-lâng tsin hó-ūn, put-sî tō ū hó-tsiah-mih thang tsiah, tsiânn ū tsiah-hok tō tioh lah!

　　遮爾簡單的物件竟然是現此時網路頂懸上時行、上蓋衝的古早物仔，是按怎會遐衝？仙想就想無。對府城人來講，膨餅麻油卵毋是啥物奇巧的物件，只是早期月內人的點心爾爾。講來，愈簡單的物件愈是古早味，現代人愈感覺新興。我嘛感覺做一个府城人真好運，不時就有好食物通食，誠有食福就著啦！

參考資料

1. 臺灣閩南語常用詞辭典教育部，https://twblg.dict.edu.tw/holodict_new/。

2. 拼音學習網，https://tailo.moe.edu.tw/index.php。

3. 臺灣閩南語推薦用字700字表（109版）教育部發行，https://language.moe.gov.tw/files/people_files/700iongji_109.12.02.pdf。

4. 臺灣閩南語　馬字拼音方案，https://ws.moe.edu.tw/001/Upload/FileUpload/3677-15601/Documents/tshiutsheh.pdf，查詢日期：2023.05.20。

5. 《咱來學臺灣閩南語學拼音有撇步》，網路學習版教育部發行。https://language.moe.gov.tw/upload/download/jts/01%E6%8B%BC%E9%9F%B3.pdf，查詢日期：2023.05.20。

6. 王秀容，2020《我咧唱歌》，臺北：前衛出版社。

7. 王羅蜜多，2017《鹽酸草》，臺北：秀威資訊科技。

8. 莊雅雯，2016〈粞餅麻油卵〉，收錄於《臺文戰線》第44號。

9. 小城綾子，2015〈二手冊的情批〉見2015.9.11《中國時報‧人間副刊》。

10. 李勤岸編著，2015《臺灣羅馬字拼音圖解》，臺南：開朗雜誌事業有限公司。

11. 施炳華，1999《臺語入門教材》，臺南：臺江出版社。

12. 方耀乾，1999《阮阿母是太空人》，臺南縣立文化中心。

13. 莊雅雯，2011〈藤仔花〉收錄於《首屆臺南文學獎得獎作品集》，臺南市文化局。

國家圖書館出版品預行編目(CIP)資料

臺語拼音做伙學：深入解析臺語拼音和聲調,透
　過練習掌握技巧／莊雅雯著. --初版. --臺北
　市：五南圖書出版股份有限公司, 2023.11
　面；　　公分
　ISBN 978-626-366-502-6(平裝)

1.臺語 2.語音

803.34　　　　　　　　　　112013509

1XNR

臺語拼音做伙學

深入解析臺語拼音和聲調，透過練習掌握技巧

作　　者— 莊雅雯

企劃主編— 黃惠娟

責任編輯— 魯曉玟

封面設計— 姚孝慈

出 版 者— 五南圖書出版股份有限公司

發 行 人— 楊榮川

總 經 理— 楊士清

總 編 輯— 楊秀麗

地　　址：106台北市大安區和平東路二段339號4樓

電　　話：(02)2705-5066　傳　　真：(02)2706-6100

網　　址：https://www.wunan.com.tw

電子郵件：wunan@wunan.com.tw

劃撥帳號：01068953

戶　　名：五南圖書出版股份有限公司

法律顧問　林勝安律師

出版日期　2023年11月初版一刷
　　　　　2024年 7 月初版三刷

定　　價　新臺幣350元

※版權所有・欲利用本書內容，必須徵求本公司同意※

五南
WU-NAN

全新官方臉書

五南讀書趣

WUNAN
Books since1966

Facebook 按讚

1 秒變文青

★ 專業實用有趣
★ 搶先書籍開箱
★ 獨家優惠好康

不定期舉辦抽獎
贈書活動喔！！！

五南讀書趣 Wunan Books

經典永恆 · 名著常在

五十週年的獻禮——經典名著文庫

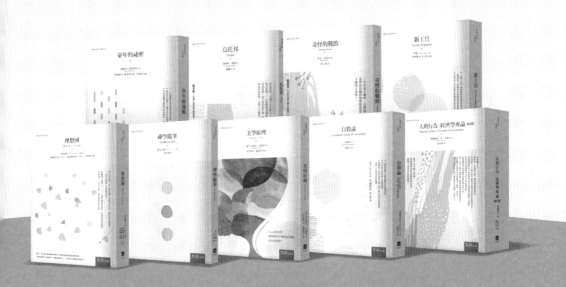

　　五南，五十年了，半個世紀，人生旅程的一大半，走過來了。
　　思索著，邁向百年的未來歷程，能為知識界、文化學術界作些什麼？
　　在速食文化的生態下，有什麼值得讓人雋永品味的？

　　歷代經典 · 當今名著，經過時間的洗禮，千錘百鍊，流傳至今，光芒耀人；
　　不僅使我們能領悟前人的智慧，同時也增深加廣我們思考的深度與視野。
　　我們決心投入巨資，有計畫的系統梳選，成立「經典名著文庫」，
　　希望收入古今中外思想性的、充滿睿智與獨見的經典、名著。
　　這是一項理想性的、永續性的巨大出版工程。
　　不在意讀者的眾寡，只考慮它的學術價值，力求完整展現先哲思想的軌跡；
　　為知識界開啟一片智慧之窗，營造一座百花綻放的世界文明公園，
　　任君遨遊、取菁吸蜜、嘉惠學子！